W0184143

Das Taschentuch

Anthologie

herausgegeben

von

Barbara Ter-Nedden

Das Werk einschließlich seiner Teile ist urheberrechtlich geschützt.

1. Auflage: Februar 2019

Lektorat: Katrin Scholler
Umschlaggestaltung: Rose Bernfeld
unter Verwendung einer Grafik von Justine Nessi

© Texte by Kid Verlag und den AutorInnen
© Cover by Justine Nessi

Kid Verlag, Samansstr. 4, 53227 Bonn
www.Kid-Verlag.de

ISBN 978-3-947759-15-6

Inhalt

Max Ballerstaller

KrimiKrimi

Treffen sich zwei.

Er, Caspar de Santis, bürgerlich Fritjof Brettschneider, Filmemacher, und Simon Schiller, auch bürgerlich, wäre gern Filmemacher, nebenberuflich Filmkritiker bei einem Bistumsblatt, Taxifahrer, Teilzeit-Hausmeister und Platzanweiser im Central-Kino.

Salut, sagt Caspar, Hi, der andere.

Simon, haste ein paar Minütchen, ich muss dir unbedingt meinen neuen Film vorstellen! Da vorne ist gleich die Bar von Luigi, hat den obergeilsten Aperol-Spritz, kommste!

Ok, sagt Simon, aber du zahlst.

No problem, sagt Caspar, bei Luigi kannst du anschreiben lassen.

Beide betreten die Bar. Betreten auch Luigi, der ein Schonwiederder murmelt.

Und hast du schon einen Titel, fragt Simon.

Caspar nach mimisch gestützter Kunstpause: Titel wird überschätzt, das Format machts! Haut dich um! Nach erneuter Kunstpause: »Krimi«.

Simon ein einziges Fragezeichen. Wie Krimi? Gabs noch nie, nur Dutzende jeden Tag im Fernsehen!

Fake, sagt Caspar, aber nicht ganz, das Format ist: »KrimiKrimi«. Weißt du, dann gleich ins entgeisterte Gesicht Simons hinein, das soll der Krimi an sich werden, der Krimi in nuce, verstehste, muss alles rein, verstehste, hat noch keiner gemacht!

Das Fragezeichen bleibt.

Lass mich einfach das Drehbuch lesen, vielleicht blick ich dann durch, sagt Simon.

Nee du, ich hab noch keins, muss aber in 14 Tagen fertig sein, ich erzähls dir einfach mal so, in den Grundzügen, ok!

Aha, ein fast-film: Simon.

Luigi stellt die Aperol-Spritz auf die Theke mit einem Wiewärsdennmalmitzahlen.

Versuch scheitert.

Ok, sagt Caspar: 1. Szene: Nacht. Nebel. Waldweg. Junges Mädchen fährt mit Rad entlang oder joggt, weiß ich noch nicht.

Simon: Nee du, Joggen bei Nacht und Nebel ist doof, macht doch keiner!

Caspar: Um die Zeit mit dem Rad durch den Wald fahren auch nicht, auch doof, kommt aber in jedem zweiten Krimi vor. Wissen die Leute, die gerade noch am Klo waren, aha, Krimi!

Simon: Und – was hast du vergessen?

Caspar: Jetzt sag schon!

Simon: Das Käuzchen! Stimmung, verstehste!

Ok, sagt Simon, gebongt, aber jetzt weiter: Hinter einem Baum springt ein maskierter Kapuzenmann hervor, rennt das Mädchen um, schleppt sie hinter einen Busch und ermordet sie.

Cut.

Hotelzimmer, Paar im Bett, die Frau ist Kommissarin Lena Henkel.

Simon: Ehemann oder Geliebter oder Callboy?

Caspar: Wie?

Simon: Na, er!

Caspar: Ach so, ja, da überleg ich noch, ob Lena getrennt lebt oder geschieden ist, alleinerziehend oder so, auf jeden Fall kaputte Beziehung!

Das Kommissariat als Irrenanstalt, sagt Simon.

Caspar weiter: Der Mann ist eine One-Night-Geschichte entweder mit einem Callboy oder dem Staatsanwalt oder einem Kollegen.

Ok, weiter: Handy klingelt, Lena tappst herum, findet es unter dem Bett, sagt: Weißt du, wie spät es ist?

Dann: Wo?

Dann: Bin gleich da!

Dann: Scheiße, ich muss, tut mir leid!

Cut.

Blick von oben über die nächtliche Stadt, Verkehr im Zeitraffertempo

Cut.

Fundort der Leiche: Flussufer oder aufgelassene, verrottete Fabrikhalle, weiß ich noch nicht!

Simon: Flussufer ist besser, weil unsicher: Wasserleiche? Selbstmord? Wo gesprungen? Taucher und so, haste mehr Möglichkeiten!

Caspar: Ok, Flussufer, hell erleuchtet, Hauptkommissar Brenner ist schon da: Bundeswehrparka, wirre Haare, unrasiert, in Stiefeln.

Geht nicht, sagt Simon.

Wie? sagt Caspar, Anzug geht gar nicht!

Brenner heißt schon der Kommissar beim Haas, sagt Simon.

Okay, dann Brunner, Mann! Sagt Caspar. Jedenfalls kommt jetzt Lena in High Heels, rutscht aus, flucht, sagt: Guten Morgen!

Brenner, ah Brunner, sarkastisch: »Morgen« ist gut, »guten« noch besser!

Geiler Spruch ist mir da eingefallen, oder?

Geht, sagt Simon.

Lena mag den Brunner nicht, weil er ihr die Leitung der Mordkommission weggeschnappt hat.

Sie zieht Gummihandschuhe an, sagt: Ich hasse diese Scheißdinger, dann zum Pathologen Dr. Seligmacher: Was haben wir?

Seligmacher, der heimlich in Lena verliebt ist, mit so einem Blick …

Dackelblick, sagt Simon.

Caspar: Genau! Ein Morgenstern in der finstern Nacht, oder so, sagt er, dann: Also, weibliche Leiche, ca. 17 – 18 Jahre alt, unbekleidet.

Lena, die Dackel Dackel sein lässt: Wer hat sie gefunden?

Ein Uniformierter, der danebensteht: Ein Spaziergänger bzw. sein Hund. Er kennt das Mädchen, wohnt um die Ecke.

Simon: Wer? Der Hund?

Caspar: Blödmann! Es ist die Tochter vom Miro Rakitic, stadtbekannter Bauunternehmer.

Brunner flucht: Mist, der spielt mit dem Polizeichef Golf! Und weiter: Deutet auf Sexualdelikt hin!

Lena zum Seligmacher: Vergewaltigt?

Seligmacher: Genaueres nach der Obduktion

Lena: Todesursache?

Seligmacher: Vermutlich die schwere Verletzung am Hinterkopf

Simon: Wetten: Stumpfer Gegenstand

Brunner: Stumpfer Gegenstand

Simon: Sag ich doch!

Seligmacher: Aber auffällig wenig Blut

Brunner: Fundort nicht gleich Tatort!

Lena: Du nervst! Tatzeit?

Seligmacher: Mitternacht plusminus

Brunner: Geht's ein bisschen genauer!

Seligmacher: Genaueres nach der Obduktion. Aber ich hab da noch was?

Der Herr Doktor hat noch was, sagt Brunner, der irgendwie auch auf Lena scharf ist.

Der Mörder hat der Toten was Interessantes in den Mund geschoben!

Lena sagt: Machen Sie uns selig, Herr Doktor, was denn?

Seligmacher mit Dackelblick: Für Sie immer, Frau Kommissarin! Ein rotes Spielzeugauto, SUV, BMW

Der Uniformierte hebt den Zeigefinger: Mafia, italienisch oder russisch!

Ratlose Gesichter, dann Cut.

Luigi bringt die nächsten Aperol-Spritz. Bevor er das Tablett abstellt, sagt er: Nur gegen Cash!

Komm, sagt Caspar, du weißt doch!

Ja, eben, sagt Luigi, macht 20 Euro und wartet.

Caspar zieht sein Portemonnaie, sucht und findet einen einsamen Zehner. Fragt Simon: Hast du noch einen?

Simon verneint, Caspar wartet, schaut leidend, Simon: Neeee! Caspar schaut noch leidender, spielt Suizidgefährdeten. Simon holt einen Zehner raus. Ist sauer, vor allem auf sich: Wie oft denn noch, du Blödmann!

Wo waren wir stehen geblieben?

Caspar: Ok, Cut, kurze Autofahrt Lena und der Brunner.

Simon fragt: Typ?

Caspar: Ist doch wurscht!

Nee nee, sagt Simon, Oberklasse BMW oder Mercedes, mit einem Fiat brauchst du nicht kommen, sind ja nicht der Papst.

Ok, sagt Caspar, jetzt müssen die Bullen jedenfalls zur Familie, traurige Botschaft überbringen. Roter SUV steht vor der Garage. Klingeln, Brunner sagt: Brunner von der Mordkommission und das ist meine Kollegin Henkel, könnten wir das drinnen besprechen, und dann: Wir haben leider eine schlechte Nachricht, tut uns sehr leid und so.

Der Vater sagt: Das kann nicht sein, sie ist bei einer Freundin! Lena holt dann ein Glas Wasser für die Mutter.

Simon, immer noch sauer, sagt: Hilft doch gar nix!

Caspar: Klar, macht man aber!

Der Brunner dann: Dürfen wir uns mal im Zimmer der Tochter umsehen?

Dürfen Sie.

Langer Blick der Frau voller Verachtung, sagt: Du mit deinen Weibern!

Rakitic kalt: Was hat das damit zu tun?

Die Kommissare schauen sich ein paar Fotos an, öffnen Schubladen, schieben ein paar Bücher hin und her.

Verarsche, sagt Simon, jeder Trottel weiß, dass sie so nichts finden würden!

Jetzt kommts, sagt Caspar: Ein bedeutsamer Blick von Brunner, sagt: Kommst du mal, Lena!

Brunner holt unterm Bett einen Schwangerschaftstest hervor.

Schau, schau, sagt Lena und geht ins Wohnzimmer zurück, fragt:

Dürfte ich mal das Bad benutzen? Darf. Tütet von den Haarbürsten Haare ein.

Das wärs fürs Erste, sagt Brunner, und wenn Ihnen noch was einfällt, hier ist meine Karte, Sie können mich jederzeit anrufen!

Schon im Weggehen: Ach, ich hätte da noch eine Frage: Haben Sie oder ihre Tochter Feinde?

Der Vater sagt nichts, die Mutter will, lässt es aber.

Schon an der Tür sagt Brunner zur weinenden Mutter: Wir finden das Schwein!

Gemeiner Blick jetzt zum Rakitic: Haben Sie einen roten SUV? Wartet Antwort nicht ab.

Cut.

Blick von oben über die Stadt, schnell ziehende Wolken, Verkehr im Zeitraffertempo.

Mann, sagt Simon, das ist doch so was von abgelutscht!

Nächste Szene: Kommissariat. Chef steht am Kaffeeautomaten, der nicht funktioniert. Chef schlägt mit Händen und Füßen dagegen. Lena kommt vorbei und drückt gelangweilt eine Taste, funktioniert.

Im Büro sitzen alle mit Kaffeebechern, Fotos werden an die Wand gepinnt und mit Pfeilen verbunden.

Chef kommt hereingerauscht, nimmt einem den Kaffeebecher weg: Was haben wir? Ich erwarte rasche Ergebnisse, habe die Presse und den Polizeipräsidenten im Nacken, und alles mit Diskretion, der Mann ist wichtig für die Stadt und unvermittelt: Frau Henkel, zu mir ins Office, sofort!

Dort der Chef: Sie wissen, warum Sie hier sind?

Lena: Sie werden es mir gleich sagen.

Chef versucht, die Jalousie herunterzulassen, weil die Kollegen durch die verglaste Wand schauen. Funktioniert nicht.

Simon, immer noch sauer: Voll der Depp!

Caspar: Klar, war nur die Frage: Ist der Chef oder der Staatsanwalt das Arschloch?

Zurück zum Chef: Frau Henkel, Sie haben zum wiederholten Mal die Sitzung bei Frau Dr. Zwerg wegen ihrer posttraumatischen Belastungsstörung geschwänzt! Das war eine dienstliche …

Genau da läutet das Handy und Lena sagt: Scheiße, Scheiße, hab vergessen, meinen Sohn vom Kindergarten abzuholen, und: Bin schon unterwegs, und im Hinausgehen: Komme klar, Chef!

Simon, immer noch sauer: Sorry, aber ich muss jetzt, Taxifahren!

Caspar: Mensch, warte noch ne Minute, hab da noch ein paar Hammer-Ideen!

Simon: Klar, die Kommissare stehen am Currywurst-Stand und trinken Bier aus der Flasche.

Caspar: Ja, das auch! Aber der Brunner, weißte, der war auf Entzug, hat wieder zu saufen angefangen, weil seine Frau ein Verhältnis mit einem Kollegen hat.

Luigi kommt, fragt: Noch einen?

Caspar: Du störst! Nee, nix mehr, nur Wasser.

Luigi: Mit oder ohne?

Caspar: Leitung!

Simon, immer noch sauer: Jetzt mach, wer ist denn nun der Mörder?

Caspar: Du, ist noch nicht ganz klar. Das muss was ganz Besonderes sein, was noch nie dagewesen ist!

Simon, immer noch sauer: Wie die Currywurst.

Caspar: War die auch schon mal Mörder?

Simon: Joke, vergiss es!

Caspar: Du, ich halt da die Spannung bis zum Schluss, echt super! Weißte, erst ist ein gerade entlassener Sexualstraftäter verdächtig, dann ein Lehrer, der schon mal was mit einer Schülerin gehabt hat, dann der Hausmeister der Schule, der ein Loch in die Frauentoilette gebohrt hat …

Simon: Wie viele Folgen hat denn der Film?

Caspar: Nee, du, das ist in der Mitte des Films schon klar, dass die Verdächtigen sauber sind. Stellt sich ja raus, dass das Opfer gar nicht vergewaltigt worden ist, der Täter hat das nur vorgetäuscht!

Simon: Wie? Das wird erst in der Mitte des Films klar? Du spinnst! Das erfährt die Polizei doch am nächsten Tag vom Pathologen! Jetzt sag bloß nicht, der ist krank geworden!

Caspar: Jaaa, muss ich noch mal schlafen drüber!

Simon: Nee musste nicht, du hast nämlich noch einen dicken Hund drin, den Schwangerschaftstest! Spielt doch keine Rolle, wenn's nicht um Sex geht!

Caspar: Ja, ok, wart mal, der kann doch von der Freundin sein. Weißte, blindes Motiv, Zuschauertäuschung.

Simon: Echt genial. Und wer ist jetzt der wahre Mörder?

Caspar: Der Hammer, sag ich dir!

Luigi kommt und stellt die Wasserkaraffe auf den Tresen, sagt: Guter Jahrgang, geht aufs Haus!

Caspar: Also der Rakitic, der fährt nächtens von seinem Gspusi besoffen nach Hause und überfährt eine junge Frau tödlich, bleibt kurz stehen und haut dann ab.

Simon: War noch nie da.

Caspar: Jetzt warte doch, kommt schon noch! Der Rakitic weiß nicht, dass ihn ein Privatschnüffler verfolgt hat, den seine Frau engagiert hat, weil der Rakitic so ein Weiberer ist, und der hat die Fahrerflucht und die Tote fotografiert! Die er zufällig auch kennt, arbeitet bei Lidl.

Simon: War noch nie da! Und der Detektiv erpresst den Rakitic jetzt.

Caspar: Jaaa, doch, Mann! Geldübergabe …

Lass mich mal raten, sagt Simon: Abfalleimer Hauptbahnhof.

Da täuscht sich der Herr Filmkritiker aber, sagt Caspar, Abfalleimer schon, aber U-Bahnhof! Der Rakitic lauert dem Detektiv auf und erschießt ihn, als der den U-Bahnhof verlässt. Die Waffe besitzt er noch aus dem Jugoslawienkrieg. Fährt dann seelenruhig mit seinem roten SUV zu seiner Frau heim, Alibi, und so, weißte!

Simon sagt, Aha, Wink mit dem Zaunpfahl.

Nee, nee, sagt Caspar, Hammer: Zettel auf dem Tisch: »Mörder!« Rakitic sieht alle Felle davonfliegen …

Schwimmen, die Felle schwimmen, mein Bester, sagt Simon.

Oberlehrer, sagt Caspar. Jedenfalls bekreuzigt sich der Rakitic und erschießt sich.

Luigi stellt Stühle auf die Tische, sagt, meine Herren, das Lokal schließt in Kürze, wenn noch jemand zahlen will, gerne.

Caspar sagt, sind schon im Finale, Sekunde noch! Was der Rakitic nicht wusste, dass der Schnüffler ein Krimifan war und ahnte, wie das ausgehen könnte. Deshalb hatte er den Vater des Unfallopfers informiert …

Und dieser, sagt Simon, hat, Auge um Auge, Zahn um Zahn, die Tochter des Rakitic ermordet und ihr den roten SUV verpasst! Auf diese Idee ist noch keiner gekommen.

Sag ich doch! Sagt Caspar stolz.

Simon: TV-Krimi, August letztes Jahr, genau der!

Caspar: Ok, bin ja noch am Überlegen!

Simons Handy läutet, der Taxiinhaber ist dran, brüllt:

Weißt du, wie spät es ist?

Simon: Wo?

Dann: Bin gleich da!

Dann: Scheiße, ich muss, tut mir leid!

Luigi sagt: Das ist der wahre Krimi, und jetzt schleicht euch, und ihnen hinterher:

Stronzi!

Céline Bernadet

Das Taschentuch

Der Tag ist licht. Wie immer gehen sie, rhythmisch verbunden, Hand in Hand, oder sein Arm um ihre Schultern, ihr Arm um seine Taille, egal wohin, egal bei welchem Wetter, durch Natur und Stadtviertel, an Graffiti vorbei, entlang nobler Straßen mit aufwändig restaurierten Villen, zwischen denen architektonische Nachkriegsleichen ohne Fensterläden und sonstigem Schmuck an eine andere Zeit erinnern, eine Zeit ohne Zeit, sich Mühe zu geben, in der die in Hast entstandene Hässlichkeit nicht weniger andauert als die Zeit der Hingabe an eine besonders gestaltete Terrasse, eine würdige Tür, ein verspieltes Dachgewölbe, eine gelungene Symmetrie oder ein Stildurcheinander, das, historisch geworden, nicht mehr schockiert.

Sie gucken sich alles zusammen an, manchmal bleibt einer stehen und deutet irgendwohin, doch meistens genügt der Blick des einen. Der des anderen folgt. Sie erkennen vereinten Auges, sie teilen still oder kommentieren in luftigem Geplapper, sobald ausgesprochen, wieder vergessen. Sie entdecken eigentümliche Verästelungen an Bäumen, Verzierungen um Fenster, Rundungen von Balkonen, ganze Straßenverläufe in der Geschmeidigkeit einer Kurve oder in gelungener Proportion zu den Häuserzeilen links und rechts. Sie genießen das Drumherum und am meisten sich selbst darin, ihre Eintracht, ihr Schweigen, und ab und an einen Blick des einen im anderen, und ab und an gleitet dieser in einen Kuss, erweitert sich bis ins Innere, bis in eine Weite, die sie nicht ermessen, und sie nehmen ihren leichten

Gang wieder auf, mit diesem Gefühl, im nicht Ermessenen sei noch so viel möglich, so viel zusammen zu entdecken in den nächsten Wochen, Monaten, ja, Jahrzehnten.

Noch immer ist nicht Frühling, aber nicht alle Pollen haben gewartet. Einige Vögel sind schon bereit, verzwitschern sich nicht. Es ist auch mal gut, wenn Jahreszeiten lässiger mit Zeit umgehen und einfach zu spät kommen, zu spät in die Erwartungen hinein.

Sie gehen Hüfte an Hüfte, swingen einen gelassenen Pferdegang.

Da, ein Drang zu niesen. Ihre Nasenflügel bäumen sich auf. Sie bleiben stehen.

Sie greift in ihre rechte Jackentasche. Noch hat sie nicht geniest, aber es naht.

Sie wühlt durch zerknüllte Quittungen, etliche Male zwischen suchenden Fingern gedrehte Hustenbonbons in Plastikhüllen mit Schwänzchen links und rechts, Einkaufslisten von längst getätigten oder vergessenen dringend zu erwerbenden Dingen, angebrauchte Papiertaschentücher, die sich in der Lesebrille verfangen haben.

Da ist es. Das noch brauchbare Taschentuch. Sie faltet es auseinander, breitet es für einen Nasenabsturz aus. Sie lacht. Es ist so unsexy. Und vertraut. Er lächelt. Er ist da.

In diesem Augenblick, ihre Nasenflügel sind noch angespannt, landet, weiß und verdreht wie ein verrückter Schmetterling, ein zweites Taschentuch zwischen ihren und seinen Füßen.

Sie beginnt sich zu bücken, das Gebausch der Winterjacke macht sie unflexibel. Er, ihr Mann der letzten Jahre, steht quer zu ihr, hält still.

Sie beugt sich tiefer, hält inne, hebt leicht den Kopf an. Er guckt auf den Schmetterling, wartet. Wirbel um Wirbel wölbt sich ihr Rückgrat. Sie sieht gerade noch: Seine Hände verharren in den Taschen seiner Jacke. Er blickt jetzt woandershin, auf ein Haus vermutlich. Die Nieslust entweicht den Nasenflügeln, kitzelt weiter innen. Fast berührt ihre Hand das Taschentuch, es sind nur noch Zentimeter. Zwei vielleicht, höchstens drei.

Wie ein Sekundstel zu einem eigenen kleinen Film wird, Zeit aus Messbarkeit herausspringt, sich woanders vertieft.

Perplex. Perplex ist das Wort, das ihr in den Sinn kommt. Mit seinen zwei p und dem gekreuzten Buchstaben am Ende, da, wo sie sich treffen könnten. Auf einmal scheint ihr nichts weniger begehrenswert, als nach der Zellulose zu fassen. Und nichts dümmer, als es nicht zu tun. Ihre Finger müssen nur noch nach dem obersten Zipfel schnappen. Jetzt schnell handeln. Daumen und Zeigefinger greifen nach dem Textil, sie richtet sich wieder auf.

Er steht wie vorher. Guckt überall hin. Nur nicht dahin, wo sie steht.

In ihrer offenen Hand liegt das zerknüllte Taschentuch.

Mechanisch wendet sich sein Blick ihr zu.

Stumm starren sie auf die flatternden papiernen Spitzen, die eine Brise erfasst hat.

Der Wind zieht an. Er schließt den Reißverschluss seiner Jacke bis zum Hals. Sie schließt die Finger um das Tuch, verstaut ihre Hand in der Tasche.

Was eben noch in Jahrzehnte hinausgeblickt hat, scheint unteilbar. Visionen eingeklappt, das vertraute Gefühl von Weite und Möglichkeit und Improvisation verschwunden. Keine Pferdehüfte reibt sich mehr an ihrer, um gemeinsam durch die Welt zu trotten. Alles steht still, wie die Jugendstilhäuser um sie herum. Von Niesdrang jetzt keine Spur.

Schweigend gehen sie nebeneinander her. Die angestaute Hitze in ihrer Jacke steigt ihr ins Gesicht. Sie denkt nach. Denkt neu nach. Die Dinge, die Zukunft, aber schon die nächsten Minuten brauchen einen Entwurf. Wie kann sie sich jetzt noch verhalten. Es ist eine Weigerung gewesen. Seine Weigerung.

Er hat gesehen, wie ihr das Taschentuch aus der Tasche fiel. Wie es lose liegend die Straße befleckt hat. In diesem Viertel voller edler Behausungen verstorbener Textilindustrieller, diesem geleckten Viertel, in dem der erhaltene Jugendstil Respekt einfordert. Und hat nicht reagiert. Nicht, weil er es nicht wahrgenommen hat. Es entgeht ihm sonst nichts. Nein, aus einer Ignoranz heraus, aus einer bewussten und demonstrierten, wie es vielleicht einst ein Besitzer eines der prächtigen Häuser an den Tag gelegt hat. Für solche Dinge ist man nicht selbst zuständig. Solche Dinge werden unmerklich vom Personal erledigt. Aber, so eine Haltung hat doch bis eben gar nicht in sie-als-sie-beide hineingepasst.

Soll sie es ansprechen? Darüber hinwegschweigen wird von Schritt zu Schritt unmöglicher. Und gehen – wohin?

Vom einen zum anderen führen ihre Schritte ins Nichts. Minuten zuvor ist das Nichts noch ein gemeinsames Ziel gewesen, eine entspannt genossene Ziellosigkeit. Nun ist es, was es ist: nichts.

Wo ansetzen? Etwas muss her. Ein Schnitt, dann die nächste Szene. Mit der es weitergeht, mit der sich alles ordnet. Dann könnten sie ihren Weg fortsetzen. Wie eben noch.

»Das finde ich aber nicht gut!«, ruft sie aus. Bleibt im Dunstwölkchen ihres Atems stehen. Er dreht sich um. Sein Blick ist distanziert. Etwas in ihm hat sich angehäuft, muss sich schon Spaziergänge zuvor aufgetürmt haben, zwischen den reibenden Hüften nie zermalmt worden sein.

»Ich mag Gentlemen«, hört sie sich sagen. Das Lächeln glückt ihr nicht. Sie wendet das weiße Geknüll in ihrer Hand, blickt ihn an, öffnet die Finger, lässt es auf den Asphalt fallen. Er steht da, die Hände in den Taschen.

Sein Blick wird ärger, seine Mundwinkel rücken enger zusammen, drücken die Lippen nach vorne, zwischen denen sich das M des Widerstands formt.

Es ist ein doppelter Widerstand. Der, das Taschentuch aufzuheben, und der, es da liegen zu sehen. Sie nimmt ihren Gang wieder auf.

»Du willst es doch nicht da liegenlassen?« Er sieht zu, wie sie daran vorbeigeht. Gleich daran vorbeigegangen sein wird. Wie sie schon weiterzieht.

»Nimm dein Taschentuch mit«, ruft er.

»Nimm du es doch.«

Nun hat er sie. Die Verantwortung, das Taschentuch verschwinden zu lassen. Die Verantwortung für das Gesamtbild der Straße.

Er läuft zum Taschentuch, kickt es. Sie ist stehengeblieben. Sie starren auf das weiße Ding am Boden. Schließlich nimmt er eine Hand aus der Tasche, streckt den Arm aus, pflückt es, schreitet das Stück Straße hinauf, übergibt es ihr. Sie stopft es in ihre Tasche, vermeidet, ihn anzublicken.

Man kann Blicke meiden, aber einen gemiedenen Blick zu ignorieren, fällt schwer. Noch schwerer fällt es, das Ignorieren eines gemiedenen Blicks zu ignorieren.

Gerade ein nicht offiziell abgehakter Blick bleibt einer, dem man keine Aufmerksamkeit geschenkt hat. Er haftet dem an, der diesen Blick nicht auf-, nicht abgenommen hat. Es bleibt eine Delle zurück, etwas, das man wieder hinausdrücken müssen soll, das sich in einem selbst eindötscht und nach Reparatur verlangt. Entzweit gehen sie die Straße weiter bis zur Gabelung.

Links Richtung Auto, oder rechts den längeren Weg durch das Waldstück? Sie schwenkt den Kopf gen Wald, er nickt kaum. Vielleicht werden sie das Entzweisein durch Gehen in eine Unbedeutheit treten können. Wird es mit ihren Schritten von selbst verschwinden.

Der Weg wird steiler, das Gehen schwerer. Es geht hinauf, aber es zieht hinunter. Hinunter in einen Graben, in dem sie mit jedem Schritt tiefer einsinken. Jeder in einem eigenen Graben, parallel.

Er bietet ihr seine Hand an. Es dauert, bis sie ihre hineinlegt. Kalter Krieg, kommt ihr. Was nach Versöhnung aussehen soll, besiegelt eine Trennung. So halten sie sich aneinander fest, zum Halten ist nichts anderes da, pflügen sich durch den erdigen Waldweg.

Auf der Fußgängerbrücke über dem Zoo hält er an, stützt sich auf das Geländer oberhalb des weiten Tigergeheges. Sie auch. Weit und breit kein Tiger zu sehen, jetzt im Halbdunkel noch weniger als sonst.

»Was ist los?«, fragt sie. »Warum hast du keine Anstalten gemacht, das Taschentuch aufzuheben?«

Er guckt sie von der Seite an, unter dem Hut, den sie ihm mal gekauft hat. Mit diesem Hut zieht er etwas auf, was er sich sonst nicht leistet.

»Du hast neulich auch nicht den Zwanzigeuroschein aufgehoben.«

Den Zwanzigeuroschein? Was für einen Zwanzigeuroschein? Wo? In ihrem Gedächtnis in das fremde Gebiet von Sachfragen einzusteigen, saugt ihr schon wieder die Kraft aus den Beinen. Was hat er sich da gemerkt, wovon sie kein Bewusstsein hat? Was hat er gesammelt? Er, der sonst manchmal verärgert kommentiert, welche Details sich Frauen merken, die sie später wieder hervorholen und ihrem Mann unter die Nase halten. Es ist also was mit einem Zwanzigeuroschein gewesen.

»In Kappes Hamm«, raunt er. Kappes Hamm, die Düsseldorfer Gegend am Rhein, wo Kohl wächst und in die Luft stinkt. Wo sie unbeschwert über eine hässliche Brücke an dichtem Verkehr gelaufen, links in einen Weg eingebogen und an lila und grünen Feldern vorbei immer wieder stehen geblieben waren, um zusammen die in einen Grauschleier gekippten Farben zu bestaunen und zu fotografieren. Sie hatten sich sogar einen lila Kohlkopf aus einem Feld genommen und ihn Gustav genannt, darüber gewitzelt, bevor sie über den Südfriedhof geschlendert waren. Lachend hatten sie Gustav in seinem Arm durch die roten Plastiklichter spazieren geführt, es war der erste November gewesen, Allerheiligen, und er hatte sich von ihrer unverschämten Leichtigkeit, Tote scherzhaft anzusprechen, amüsiert gezeigt.

Sie strengt sich an, einen Zwanzigeuroschein in ihrer Erinnerung zu finden. Da ist was gewesen, irgendwo am Auto, während sie in Gedanken war. Ist da was gewesen? Ein vages Bild entsteht.

Wenn ja, wie hat er, scheinbar im Nachhinein verstört darüber, dass sie nicht reagiert hatte, diesen Spaziergang genießen können, den Spaß um Gustav, das ausgelassene Herumirren auf dem Friedhof?

Sie zieht weiter, er hinterher.

Sie biegen erneut in einen Waldweg, in ein Schwarz unter der Abenddämmerung. Er müsste, wenn sie lange genug gehen, in der Straße münden, wo der Wagen steht.

Zwischen den Bäumen jenseits des Weges liegen noch Schneeflecken. Sie halten an. Eine Vertikale aus Schnee zerteilt fast jeden Baumstamm. Die schwarzweißen Säulen von Daniel Buren vor dem Palais Royal in Paris. Er muß in die Natur eingegriffen haben, diesmal mit schmaleren Streifen als sonst.

Wortlos gehen sie weiter. In einem lauten Schweigen, einem Toben von Ungesagtem, diesem unheilschwangeren Schweigen der Romane, die sie zuklappt, sobald sie diese Art von Formulierung liest.

Aber sie gehen. Hand in Hand. Nach einer Weile endet der Waldweg, kommt Asphalt, erscheint Stadt, Straßen mit Laternen, geparkte Fahrzeuge, sein Auto, der Autoschlüssel, das Motorgeräusch, das Rumpeln der Gangschaltung, die Frage wo lang, und da lang fahren sie.

Müssen sie nicht noch einkaufen? Lieber den Supermarkt oder den Marokkaner, oder hat er schon zu? Aber er hat noch auf. Sie greifen nach Batavia und Paprika, nach Orangen noch mit Blättern dran und Zitronen unbehandelt, nach glatter Petersilie und Nanaminze, Schafskäse und Thunfischdosen. An der Kasse, schnell Datteln und Feigen geschnappt, zücken sie ihre Portemonnaies. Einer zahlt, der andere nicht.

Zuhause schalten sie das Licht an, teilen sich beim Ausladen die dünnen Tüten unter ihren Fingern auf, verteilen das meiste Obst, Gemüse und die Kräuter in Kühlschrank und Vorratskammer, öffnen eine Dose Thunfisch.

Er hackt Schalotten und Petersilie, sie lüftet die Töpfe mit den Resten vom Mittag, die noch auf dem Herd stehen, schaltet auf 9. Höher geht nicht.

Wie immer bei ihm sind die Messer bis aufs Äußerste geschärft. So scharf – zwischen den Schalotten beginnt sein Finger zu bluten. Beim Schneiden nur kurz in den Topf geguckt. Kleine rote Sonnen landen auf dem Holzbrett, werden eingesaugt.

Sie nimmt ihm das Messer aus der Hand, legt es beiseite.

Er hält den blutigen Zeigefinger in die Luft. Der Reis in einem Rest von Öl klackert gegen den Deckel.

Sie greift nach dem tropfenden Finger, steckt ihn in den Mund, saugt sein Blut ein. Es schmeckt nach Fleisch, ein Hauch Metall dabei.

Ein roter Tropfen entspringt an ihrem linken Mundwinkel, rinnt ungleichmäßig ihre Haut hinunter. Ihre Blicke betasten einander. So, wie sie sich von Anfang an begegnet sind. Aufmerksam.

Matthias Boosch

mit trump im kornfeld

eineinhalb jahre muss es her sein:
inwändige inventur.
großhirnrinde – endlose kornfelder, schön anzusehen,
hier wächst etwas, irgendwann werde ich ernten können.
doch plötzlich: eine pfütze, giftig-orange,
sicher zehn meter breit,
umgeben von verdorrtem korn.
ich bin erschrocken, das sieht ungesund aus,
ahne schon, dass du es bist.
du bemerkst mich, fließt heran, nimmst form an,
teilst dich endlich mir zu ehren:
sonnenbrillen links und rechts
mittig orangegelbes du.
deine sicherheitsleute stellen campingstühle auf,
bleiben selbst stehen.
wir sitzen uns gegenüber
in den feldern meiner großhirnrinde.
stille, bis auf das rascheln des windes im korn.
ich mustere dich:
anzug, gelbes haar, weich aussehende gesichtshaut,
souveräner blick,
bemüht souverän manchmal.
schweigen.

ich schaue dir in die augen
und muss einsehen, dass ich dabei in mich selbst sehe.
du bist nicht du,
sondern ein über die dir verhassten medien
unter meine schädeldecke katapultierter klon.
klon des clowns.
noch ehe du mir bewusst warst,
bereits in auseinandersetzung mit mir geformt,
verformt
zu meiner persönlichen version von dir.
wir sitzen uns gegenüber im kornfeld, und ich frage mich:
welche art von clown bist du,
kindergeburtstag?
mcdonalds?
joker?
ich vermute, nicht batman zu sein.
in europa glauben wir an superhelden nur heimlich.
ich betrachte dich in deinem campingstuhl
zwischen den sonnenbrillen
und bin überzeugt: zur ernte wirst du weg sein.
soll sie nicht verdunsten,
braucht eine pfütze im brennglas der öffentlichkeit
ständig neue materie.

aber du bleibst, wächst, breitest dich aus.
endlich: tag der wahl, es juckt in der großhirnrinde,
termin für die lange überfällige heilung.

wir sitzen einander gegenüber,
wie so oft in den letzten monaten,
das korn, längst reif geworden.
heute scheint ein lächeln um deine lippen zu spielen.
ich schaue dich an und male mir aus, wie es,
nur ein paar stunden noch,
enden wird:
in deinen gesichtszügen überraschung,
als wir die nachricht erhalten,
tonloser, wütender schrei, du zerläufst,
wirst wieder eins mit deinen sonnenbrillen,
zerläufst, bis du nur noch orangener fleck bist.
nun tatsächlich ohne bedeutung und bald verdunstet.
und ich: frei, kann korn ernten.
so träume ich in mir, während wir sitzen und warten,
uns anschauen, minuten, stunden.
dann: die nachricht von deinem sieg,
von dir erwartet, von mir keinesfalls.
deine sicherheitsleute erwachen zu leben,
ich will fliehen, will nicht mehr herkommen,
vorhängeschloss, wer braucht schon seine großhirnrinde,
behalt das korn –
doch eine sonnenbrille hat mich im genick,
drückt mich in den matsch, sekundenlang,
zieht mich heraus, ich atme,
NICHT KINDERGEBURTSTAG, hallt es durch meinen kopf,
matsch,

NICHT MCDONALDS
JOKER!
matschboarding, dir angemessen,
mir angemessen?
UND DU BIST NICHT BATMAN!
mir wird bewusst: du kennst alle meine gedanken,
so ist das, wenn man sich eine schädeldecke teilt.

wir wiederholen diese übung täglich.
stell dich nicht an, denke ich:
der klon ist hier, der clown weit weg.
du bist dein matsch,
halt dich zurück mit der verdammten empathie,
es liegt an dir den clown zu ignorieren,
um den klon zu töten.
matschboardest dich selbst im eigenen matsch
und kannst es doch nicht sein lassen.
aber was, antworte ich mir selbst, wäre ich
ohne das abbild der welt in mir, wenn auch verfälscht
das abbild der anderen?
in mir allein zu sein – ohne trump zu sein –
ist auch keine lösung.
also gehe ich ins kornfeld, tag für tag.
was willst du, schreie ich dich an,
wische mir den matsch aus dem gesicht,
was ist deine motivation, dein ziel?
bist du – familienunternehmer?

ich stehe dir gegenüber, schaue die sonnenbrillen an.
links, rechts – atmen sie erst, wenn du es befiehlst?
und frage mich, ob du, der du dich ausgeweitet hast
auf golfplätze, hotels, gar einen eigenen turm,
dich nun ausweiten willst auf ein ganzes land?
und schadet das nicht deiner haut?
doch mir scheint,
du hast genug deals gemacht in deinem leben.
du bist auch kein mafioso,
der das gesetz sein will, um dem gesetz zu entkommen,
wie berlusconi.
scheinst nicht getrieben von inhalten,
warst du nicht bei den demokraten
noch vor zehn jahren?
endlich, wochen später,
dein grinsen scheint breiter geworden zu sein inzwischen,
bin ich überzeugt:
es ist fürs poesiealbum,
muss fürs poesiealbum sein.
ein ausrufezeichen hinter deiner einzigartigen karriere.
im geld schwimmen, showstar sein und präsident,
wer könnte es dir gleichtun?

einmal, als ich nicht schlafen kann,
gehe ich nachts zu dir.
bringe mir eine sonnenliege mit,
im kornfeld dunkelt es nicht.

beginne dir,
wer weiß, ob zum einschlafen oder wach bleiben,
eine geschichte zu erzählen.
die felder haben einen rotstich mittlerweile,
als hättest du abgefärbt,
vielleicht blutet auch meine hirnrinde
und die körner fallen von den ähren.
ich liege dir gegenüber,
matschverklebt, noch von mittags:
könnte ich, sage ich zu dir,
könnte ich
STOP
die zeit anhalten,
die welt: drehte sich nicht mehr,
gefroren zu einem riesigen stillleben,
in dem ich herumlaufe,
ich müsste nicht schlau sein, nicht schnell,
nur: ein roter knopf,
irgendwo im giebelkern meines kleinhirns,
zum STOP draufhauen und die welt einfrieren,
könnte ich das, so käme ich durch jede sicherheitskontrolle.
hunderte sonnenbrillen:
sehen nichts, hören nichts, ganz und gar nutzlos.
könnte ich die zeit anhalten,
so käme ich zu dir, dem clown nicht dem klon.
neun uhr fünfundvierzig:
gespräch mit präsident muhammadu buhari aus nigeria.

ich bin rechtzeitig
bei dir, euch beiden.
dreidimensional, lebensecht gemalt:
im sessel du, orange-gelb, redest gerade,
ich laufe um dich herum,
sehe dich zum ersten mal in natura,
betrachte dein gesicht von nahem,
deine pupillen, die poren,
teste: die haut ist wirklich weich.
und buhari dir gegenüber,
ich setze mich zu euch
alten männern.
er älter noch als du,
für ähnlich viele menschen verantwortlich,
aber ein gespräch auf augenhöhe wird es nicht sein.
er war schon mal diktator,
führte krieg gegen die disziplinlosigkeit der frauen,
wie er es nannte,
jetzt ist er gewählter sozialdemokrat.
ein chamäleon,
ihr beide passt zusammen.
was nun?
chance zu prüfen, ob deine haare echt sind?
oder: dir zu sein, was du der welt bist?
ich betrachte dich in mir, dann wieder mit buhari,
kann in ruhe vergleichen,
angleichen.

sitze auf meiner sonnenliege,
die gedanken sind frei, sage ich dem klon,
meine großhirnrinde ist es nicht.
und spreche von möglichkeiten,
diese geschichte weiter zu erzählen:
wie dir bei wichtigen verhandlungen
STOPSTOP
plötzlich weingläser entgleiten könnten,
weinrot auf weißen hemden,
dein essen immerzu versalzen wäre,
wer es auch zubereitet hat.
vielleicht triebe dich das zu dem ultimativen experiment,
selbst etwas zuzubereiten.
du immerzu: stolpernd, strauchelnd, kleckernd,
setzt dich
STOPSTOP
auf nägel und reiszwecken.
so viele kleinigkeiten,
die dir den tag zur hölle machen
durch deinen schatten,
deinen ständigen unerkannten begleiter, der
STOPSTOP
alles zu deinen ungunsten beeinflusst
und du weißt selbst nicht:
woher?
warum?
blamierst dich vor der welt, vom clown zum trottel.

ich beobachte dich mir gegenüber im kornfeld,
wie ich dir das alles erzähle.
zornig-drohend siehst du aus.
du wirst mich zerquetschen, sagt dein gesicht
WIE EINEN MOSKITO
guerilla-moskito
und erst, fahre ich fort, wenn du egomane,
megalomane,
an dir, deiner wahrnehmung, schlussendlich:
deinem geisteszustand
zweifelst,
will ich mich dir offenbaren,
dir allein,
mich in dir einnisten,
wie du es unter millionen, milliarden schädeldecken getan hast,
über die ozeane hinweg,
auch dich hat nichts abhalten können.
vielleicht, erzähle ich dir, wäre es möglich,
dich zu zwingen
mit den unzähligen kleinen boshaftigkeiten des alltags
ganz und gar undemokratisch,
wo du doch gewählter präsident bist:
eine andere politik oder –
andere politik, die möglich wäre,
ginge es dir tatsächlich nur ums poesiealbum.
mit deinen mitteln gegen dich, aber:
zum guten der welt, so male ich mir aus,

und es erleichtert mich, dir von dieser möglichkeit zu erzählen,
die geschichte fortzuführen.
ich muss letztendlich schlaf gefunden haben.

doch einige tage später bin ich schon wieder bei dir,
nachts, schlaflos.
liege dir gegenüber auf meiner sonnenliege,
donald, frage ich
NICHT DONALD
JOKER!
du hattest fersensporn, frage ich,
und konntest nicht nach vietnam –
was ist das, fersensporn,
machten dir zwanghafte lyrische ergüsse
das kämpfen, sterben für dein land
unmöglich?
du antwortest nicht,
deine sonnenbrillen atmen nicht,
und ich bin wieder bei euch im stillleben.
ihr beide: immer noch erstarrt,
offene münder, tonlos.
die geschichte muss weitergehen.
ich setze mich, zögere,
bin ich moskito, bin ich terrorist?
will ich es werden, wegen dir und meiner hirnrinde?
meine wahl fällt auf solenopsis invicta,
die unbesiegbare,

ein rotes mitbringsel, krabbelnd
nun auch in deinem anzug.
ich lasse die zeit zeit sein,
beobachte aus einem versteck:
natürlich darfst du keine miene verziehen,
auch wenn es wühlt, beißt, sticht,
musst du fassung wahren.
du schwitzt, wirkst verkrampft,
scheinst dich sehr konzentrieren zu müssen,
um deine sätze zu beenden,
jetzt hat es auch buhari gemerkt.
ich beobachte dich aus meinem versteck,
beobachte mich,
und für einen moment ist da genugtuung,
dich von solenopsis invicta gequält zu sehen.
aber schon halte ich
STOP
inne,
zweifelnd.
dir sein, was du der welt bist,
in gewisser weise: du werden,
wird es dadurch besser?
höhnisch donnert dein lachen durch mein hirn:
DU BIST KEIN GUTER TERRORIST
ich bin kein guter terrorist, muss ich gestehen.
setze mich wieder auf den sessel zu euch.
stillleben mit besucher, 3d:

zwei politiker, einer mit, einer ohne solenopsis invicta.
ich sitze bei euch und zweifle.
vielleicht muss diese geschichte,
frage ich dich, den eingefrorenen clown,
die ich mir erzähle, dir erzähle,
doch ganz anders verlaufen?
habe ich sie richtig erzählt?
dich foltern, um die zivilisation zu retten,
wäre es das, was ich tun würde, könnte ich
STOP
die zeit anhalten?
ich schaue buhari an, der dir nun schon so lange zuhört,
schaue dich an, der du nichts sagst.
stehe auf, gehe um dich herum.
dein hirn ist ein puzzle, wird mir klar,
eigentlich weiß ich es schon,
habe es ignoriert, verdrängt,
in fassungslosigkeit über dich in mir, dich da draußen,
dem, was du bewirkst.
dein hirn ist ein puzzle, und
würde ich dich
STOPSTOP
töten, zu tode foltern,
oder würde es solenopsis invicta tun – es brächte nichts.
denn du bist nur zusammengesetzt,
letzten endes doch demokratischer erguss anderer hirne.
Zeitverschwendung, mit dir zu reden,

das poesiealbum ist *deine* motivation,
nicht die der anderen, denen du hilfst.
für deren inhalte du, als wären es deine eigenen,
in so viele hirne kriechst.
du bist ablenkung vom wesentlichen,
folge eines verlorenen kampfes um die hirne da draußen:
im rostgürtel,
auf dem land,
im süden,
überall.
mit ihnen müsste man reden, jedem einzelnen.
reden, endlos reden,
ganz ohne stillleben und solenopsis invicta,
reden mit denen,
von denen es keinen klon gibt in meinem hirn.
und ich hätte doch keine gewissheit,
dass etwas dabei herauskommt.
hätte als herr über die zeit
nicht genügend minuten und stunden,
jahre und jahrzehnte, um etwas zu ändern.
zu viele sind es, aus denen du zusammengesetzt bist,
zu viele, die man aus dir heraus reden müsste.
ich stehe vor meiner sonnenliege im kornfeld
und schaue dich an, du scheinst zu grinsen.
nichts bist du ohne die puzzleteile, sage ich.
ODER: ALLES, MIT PUZZLETEILEN
UND DESWEGEN: UNBESIEGBAR

so höre ich dich,
aber vielleicht habe ich es doch selbst gesagt.
ich stehe da und frage mich:
bist es tatsächlich du,
setze ich mich mit dir auseinander?
oder doch mit mir,
als teil des endlosen innerlichen konflikts,
der leben bedeutet?
immer noch sitze ich in eurem stillleben.
gehe schließlich
und überlasse euch
STOP
dem gespräch.
jacob zuma, der präsident von südafrika,
25 minuten später wäre seine audienz gewesen,
musste warten, wie ich höre,
wohl wegen solenopsis invicta.

wieder im kornfeld wird mir klar,
dass ich nicht mit dir,
mehr mit mir selbst reden sollte.
du bist nichts
AUSSER JOKER
außer joker.
du bist nichts, und ich kann nur heilen, wenn ich dich,
den clown weit weg, den klon in mir,
ignoriere,

vorhängeschloss.
und:
wenn bei euch, drüben, am anderen ufer
demokratie funktioniert,
du scheinst nicht viel von ihr zu halten,
aber wenn sie dich überlebt,
die demokratie,
dann hat sich in höchstens acht jahren
alles von selbst erledigt
im kornfeld meiner großhirnrinde.

Barbara Hundgeburt

Für Amelie

Am Nachmittag des 1. Weihnachtstages 1986 erhielt ich Besuch von Anton Burgwaechter; er hatte uns – meinem Mann und mir – sechs Jahre zuvor dieses Haus, das er sich in Holweis in der Eifel einst hatte bauen lassen, verkauft. Ich war allein, denn mein Mann war vor zwei Tagen von der Ehefrau seines ehemaligen Lehrherrn im Orgelbau dringend gebeten worden, seinen alten Meister noch einmal zu besuchen. Auch Anton Burgwaechter war allein; seine Frau, Valérie, die er erst vor wenigen Jahren geheiratet hatte, war zu Hause geblieben; ihre Bindung an das Haus, an Holweis und an die Menschen hier glich nicht der ihres Mannes.

Dass diese zweite Verbindung glücklich war, bestätigte sich mir an diesem Nachmittag, an dem es Anton Burgwaechter zum ersten Mal, wie mir schien, gelang, über Amelie, über seine erste Liebe, zu sprechen. Die Tiefe der neuen Liebe, sagte er, habe alte Wunden geheilt.

Seine beiläufige Erwähnung ihres Namens – beiläufig und dennoch demütig im Tonfall, sanft, andächtig beinahe – hatte Erinnerung in mir geweckt. Es war ein seltsamer Augenblick, als ich begriff, dass ich Amelie, Burgwaechters erste Frau, kannte, nein, gekannt hatte, Amelie, die aus dem Ruhrgebiet kam wie ich, sogar aus derselben Stadt, Amelie, die dasselbe Gymnasium besucht hatte wie ich, und, wie ich, an der klassenübergreifenden Theater-AG unserer Schule teilgenommen hatte; da war sie Schülerin in der Oberstufe, ich Schülerin in der Unterstufe gewesen.

Für ein Theaterstück, in welchem auch unser Schulorchester mitwirkte, hatten Amelie und ich mehrfach gemeinsam geprobt, nicht bei ihr, sondern bei mir zu Hause. Meine Rolle in dem Spiel war die, dass ich über seine gesamte Länge in verschiedenen Momenten eine Liedzeile vortrug. Es waren immer dieselben Worte zur selben Melodie, die in die Handlung Akzente setzten und die ich ohne Instrumentalbegleitung zu singen hatte. Ich beherrschte sicher die Worte, die Melodie, aber den jeweiligen Augenblick für meinen Einsatz konnte ich mir nicht merken. Amelie hatte das Muster des Spiels erkannt: Wenn das Schulorchester eine bestimmte Abfolge von Takten gespielt hatte und dann verstummte, dann hatte ich meine Stimme zu erheben. Sie summte die Takte, schwieg, ich sang. Es war ganz einfach.

Amelie hatte mir gesagt, sie wolle Lehrerin werden. So, hatte ich gedacht, müssten Lehrer sein, so einfühlsam, so gewissenhaft, so heiter.

Ich erzählte Anton Burgwaechter diese kleine Geschichte, und nach einer Weile des Schweigens begann er zu sprechen.

***

Es war im ersten Jahr seiner Lehrtätigkeit als Biologe an der Universität in Bonn gewesen, da war Anton Burgwaechter in den Mittagsstunden zum Rhein und flussaufwärts gelaufen bis dorthin, wo zu jener Zeit das Ufer noch unbefestigt war, die Wellen über flache Sandbänke, über Kiesel liefen und das Wurzelwerk von Sträuchern und Weiden umspülten. Er mochte es, sich in gleichbleibend aufrechtem

Gang in die Dichte der hängenden Zweige hinein und langsam durch sie hindurch zu bewegen und ihre biegsamen Finger an Schultern und Stirn und Schläfen zu spüren. Das war nicht eine weichliche Seite an ihm, Anton Burgwaechter trug die tiefe Überzeugung in sich, dass Alles mit Allem verbunden sei, ja, dass auf feinsten Bahnen ein Austausch stattfände mannigfaltiger Informationen von hier nach dort, von dort nach hier, eine Überzeugung, in der er sicher ruhte, jenseits aller wissenschaftlichen Dialektik.

Über ihm in der Weide, im grünen Geflirr aus Schatten und Licht, schimmerte Helles. Er blieb stehen unter den tief hängenden Zweigen, jetzt selbst fast verborgen, und blickte hinauf. Er meinte, dies dort oben auf solche Weise betrachten zu müssen, wie er es gewohnt war, ein ihm unbekanntes Phänomen zu betrachten – beobachtend, entdeckend, erkennend –, aber dann wusste er, dass es nicht so war; er wusste es in dem Augenblick, als sein Innerstes in seltsam vibrierende Schwingung geriet, die Schwingung ihn durchschauerte, als sich Klänge erhoben in ihm und fügten zu jener Musik, die ihn nicht mehr verließ. Dabei war er überhaupt nicht verwirrt durch die helle Erscheinung dort oben im Geäst des Baumes, aber ein Staunen durchflutete ihn, als er schaute, in ein helles Gesicht schaute, über sehr helles, sehr feinlockiges Haar, dessen duftiges Gewirr ihn an Blütenstände denken ließ von Holunder, über ein helles Kleid schaute, das einen Riss im Saum zeigte, und in hellblaue große Augen jetzt, weil dieses Geschöpf, ein Buch, einen Stift an sich pressend, seinen Sitz im Geäst verlassen hatte und ihm gegenüberstand in der grünen Flut der Zweige.

Immer wieder geschah es bei ihren weiteren Begegnungen, dass

Anton Burgwaechter beim Anblick des hellen Haargewirrs der Gedanke anflog an Holunder und manchmal, wenn er allein war und an sie dachte, geschah es, dass er sich verwunderte, weil ein Geruch ihn streifte aus diesem seltsam süß duftenden Blütengewebe wie ein Zauber aus geträumten Tagen.

Burgwaechter war jetzt zweiundvierzig Jahre alt, Amelie zweiundzwanzig. An dem Tag ihres Kennenlernens war sie unterwegs gewesen zur Pädagogischen Akademie, die im Norden der Stadt nahe am Rhein lag, zu Fuß war sie unterwegs gewesen vom Bonner Süden her, am Flussufer entlang gelaufen und hatte diesen Baum erklettert, um ungestört lesen zu können, die Literatur, die sie, jetzt im fünften Semester, verwenden würde für ihre schriftliche Examensarbeit zur ersten Lehrerprüfung.

Es war fraglos für beide, dass sie sich wiedersehen, bald, dass sie beisammen bleiben würden. Beide waren sie sich sicher, von einer Macht der Schicksalslenkung zueinander geführt worden zu sein – Amelie aus der Gläubigkeit heraus ihres Katholizismus, Burgwaechter aus seiner Bewusstheit von einer Allem innewohnenden Gesetzmäßigkeit. Er hatte sie gefunden in den Weidenzweigen, sie hatte sich finden lassen von ihm, der durch den grünen Vorhang ihres Verstecks zu ihr gekommen war, und wollte mit ihm, diesem klaren, aufrechten Menschen, in ein Leben treten jenseits des Vergangenen, das für sie früher, im elterlichen Zuhause, düster und trostlos gewesen war.

Amelie war der Besuch einer höheren Schule durch ihre ausgezeichneten Leistungen gelungen, die ihre Lehrer immer wieder veranlasst hatten, dem Widerstand der Eltern entgegenzutreten, die von ihrer Tochter einen baldigen Eintritt ins Arbeitsleben erwarteten. Eher aus Ratlosigkeit als aus Überzeugung hatten sie Jahr um Jahr den Argumenten der Lehrer nachgegeben – ratlos auch angesichts der Energie in diesem schmalen Geschöpf, dessen Blick unbeirrbar auf etwas gerichtet zu sein schien in der Ferne, dessen Gesicht ein Lichtschein umgab von hellstem Blond – dies war ihr Kind, aber so anders, so unerreichbar.

Viel hatte Burgwaechter über Amelies Eltern, die im Ruhrgebiet lebten, nicht erfahren; ihr Vater war Bergmann gewesen und der Staublunge, der Bergarbeiterkrankheit, wegen schon früh in den Rentnerstand getreten, ihre Mutter arbeitete im eigenen Haushalt, denn es gab noch vier jüngere Geschwister, und verdiente als Reinmachfrau ein wenig zur Rente ihres Mannes hinzu.

Diese wenigen Koordinaten ergaben nun keineswegs ein geschlossenes Hintergrundbild über ihre Kindheit, geschlossen erschien ihm jedoch diese trostlose Düsternis, welche die ihm bekannten Merkpunkte in Amelies Leben überflutet zu haben schien, die ihre Augen, ihre Stimme überflutet hatte eines Abends, als sie tonlos von einem Abend sprach vor zwölf Jahren, dem Freitag vor dem ersten Advent. Seit Ostern besuchte Amelie das Gymnasium und hatte, um ungestört für die erwartete Englischarbeit am folgenden Tag lernen zu können – der Samstag war damals ebenfalls Schultag – die jüngeren Geschwister aus dem gemeinsamen Kinderzimmer hinaus und zu den Eltern in die Wohnküche geschickt, hatte sich sogleich über ihre Vokabeln gebeugt, um das bereits Gelernte zu sichern, hatte aber das Lehrbuch aus der neben der Wohnungstür schon bereit gestellten Schultasche hinzu holen wollen und war stehengeblieben im dunklen

Flur, denn aus der Küche kamen Worte, Worte über sie, Amelie.

Wer hatte sie zuerst gesprochen? Der Vater, die Mutter? Wer sie wiederholt, sie bestätigend wiederholt vor den Kindern? Jetzt sprachen diese sie nach, die Worte der Eltern, in dreistem Triumph: »Die ist anders als wir. Die gehört nicht zu uns. Die ist bestimmt im Krankenhaus nach der Geburt vertauscht worden.« Jede Wiederholung war ein weiterer Hieb gewesen für das zehnjährige Kind im dunklen Flur, und jeder Hieb hatte es ihm eingeprägt, tiefer und tiefer, hatte besiegelt, dass es fremd war in dieser Familie, fremd und ungeliebt.

Die Englischarbeit am folgenden Tag war ein Wirrwar aus falschen Antworten gewesen, aber von der Lehrerin nicht benotet worden, denn Amelie hatte nach Abgabe ihres Heftes noch im Klassenzimmer das Bewusstsein verloren und eines folgenden hohen Fiebers wegen, dessen Ursache sich niemand erklären konnte, viele Tage in der Schule gefehlt.

Schmaler, entschlossener war das Kind zurückgekehrt in sein Leben. Ihm bisher unbekannte Heiterkeiten, die sich steigern konnten zu Ausfällen von Übermut, überfielen es. Denn in den Tagen des Fiebers, der Rekonvaleszenz, hatte sich in Amelie das bisher ungewisse Bild einer Lebenslandschaft geklärt und wies nun Gebiete aus, Grenzen: Außer den dunklen Seen der Trauer, deren Ufern sie fernzubleiben hätte, gab es Landschaften, Straßen in deutlicher Helligkeit.

Sie hatte sich nach der Krankheit nicht erinnern können an ihre Träume in dieser Zeit, aber ihr war, als habe sie es geträumt, ihr Lebensziel, dessen Bilder ihr jetzt immer deutlicher vor Augen traten. Sie würde Lehrerin werden, eine gute Lehrerin, sie würde ganz besonders jenen Kindern beistehen, die durch ihre Familien in Not gerieten. Sie würde unabhängig sein; sie wusste: Die Englischlehrerin, die Biologielehrerin, sie lebten allein, niemanden brauchten sie, der sie versorgte.

Wenige Tage nach der Rückkehr in den Unterricht hatte Amelie in der Schulmesse vor den Ferien der weihnachtlichen Botschaft eine neue Aufmerksamkeit geschenkt. Ihr war, als sei mit dem Kind in der Krippe auch sie neu geboren; die Geburt Jesu verband sich mit ihrem eigenen Leben, das Wunder der Erlösung war nicht nur vor nahezu zweitausend Jahren geschehen, es geschah noch heute und an ihr. Die Jahre bis zu ihrem Abitur überstand Amelie mit den Bilder vor Augen aus den letzten beiden Wochen dieser Vorweihnachtszeit.

Als Anton Burgwaechter an diesem Abend Amelie bis zum Haus ihrer Zimmerwirtin, das südlich von Bonn im alten Ortskern von Friesdorf lag, begleitet hatte, da öffnete auch er ihr sein Herz, nicht, um über Vergangenes zu sprechen, sondern über Gegenwart und Zukunft. Sie waren den Weg von ihrem Treffpunkt am Rhein zu Fuß gegangen, am Ufer des Stroms entlang und schließlich durch immer engere Straßen und Gässchen, und die Frage, die er ihr schon bald nach ihrem Kennenlernen hatte stellen wollen, sprach er jetzt aus; in ihre hellen Augen hinein stellte er seine Frage.

Die beiden Menschen, die sich auf so eigentümliche Weise zueinander gebracht fühlten, sie würden heiraten; sie würden heiraten noch vor Amelies Examen; sie würden in Bonn in seinem Elternhaus leben.

Aber Amelie war gestorben.

Sie starb an einem Freitagabend im Januar, am Abend nach der standesamtlichen, am Tag vor der kirchlichen Trauung. Es hatte an diesem Morgen zum ersten Mal in diesem Winter ein wenig geschneit.

Als Anton Burgwaechter am Freitag der folgenden Woche im wirbelnden Weiß neben dem offenen Grab auf dem Friedhof stand und über ein Weiß blickte, das heute, nach einer Woche starken Schneefalls, nahezu ununterbrochen war, und als er meinte, in dem wirbelnden und in dem ruhenden Weiß jetzt die Spitzen zu sehen und jetzt die Seide von Amelies Hochzeitskleid, da streifte ihn Blütenduft, der Duft von Holunder, und als eben der Pfarrer den Segen sprach und Anton Burgwaechter über seinen gefalteten Händen die Augen schloss und Tränen über seine Wangen liefen, sah er Amelie, die seitwärts hinter ihm stand und ein weißes Kleid trug, nicht ihr Hochzeitskleid, sondern dies, das sie trug an dem Tag, als sie aus den Weidenzweigen herab zu ihm gekommen war, und er sah ihre Augen, die auf ihm ruhten in Liebe. Der Schmerz verebbte, und Friede zog ein in sein Herz. Es war ihm, als sei der Raum um ihn – hier im Schneegewirbel, am Grab – von innerer Weite durchstrahlt, als gebe es keine Grenzen der Wahrnehmung mehr, und als sei er eben erwacht, um dies zu erkennen. Amelie war hier, ihre Augen ruhten auf ihm. So wirklich war das Bild vor seinen geschlossenen Augen, dass er nun aufschauen und um sich blicken musste und die Bestätigung des Gesehenen erwartete in den Gesichtern ringsum. Holunderblütenduft über Schnee, Amelie im weißen Kleid mit dem Riss im Saum – wunderbar war dies, und er würde das Beglückende widergespiegelt sehen auf den Gesichtern der Menschen am Grab.

Ein Staunen erhob sich in ihm, als er in die gleichen Mienen schaute, nein, nichts hatte sich hier verändert, nichts hatten sie bemerkt von dem, das geschehen war, und als er wieder schaute und abseits auf der anderen Seite des Grabes ein Häuflein Menschen erblickte, das wie aneinander Schutz suchend zusammengedrängt dort stand, da wusste er, dass dies Amelies Familie war, die Eltern und die vier jüngeren Kinder, und erkannte in einem jähen, tiefen Erschrecken, dass er bestätigt fand, was er vermutet hatte – welches die eigentliche Ursache gewesen war für Amelies Tod.

Hiervor war sie geflohen, vor diesen stumpfen Gesichtern, diesen stierenden Augen, diesen Mienen aus sturem Trotz war sie geflohen in die Sphären ihrer plötzlichen Heiterkeiten, ihres Übermuts.

Bald nach ihrem Kennenlernen hatte Anton Burgwaechter dies bemerkt: Eine Erinnerung an die Zeit ihrer Kindheit, ein Telefonat mit der Familie, einer der seltenen Wochenendbesuche hatten Amelie unweigerlich zurückgeholt in die Düsternis der Verzweiflung, der Trauer, sogar der Scham, wenn die Familie ihr, der Anderen, dreist und deutlich ihre Geringschätzung zu verstehen gab. Dann ergriff Amelie schon den kleinsten freundlichen Anlass, um sich in nahezu ekstatische Heiterkeitszustände zu katapultieren, an deren Intensität Burgwaechter ablesen konnte, wie tief eine Verletzung gewesen war.

Durch Amelies Zimmerwirtin hatte er es erfahren:

Vor einer Woche, nach der Stunde im Standesamt und nach einem gemeinsamen Mittagessen mit den beiden Trauzeugen und Anton Burgwaechters Eltern, die Amelie liebgewonnen hatten, war sie gemeinsam mit der Zimmerwirtin, die ihre Trauzeugin geworden war, in das Haus in Friesdorf zurückgekehrt und war in ihrer geöffneten Zimmertür stehengeblieben. Der kleine Raum lag in stillem Glanz, der von dem schmalen weißen Kleid mit dem schönen Spitzenschal auszugehen schien, dem Kleid für die kirchliche Trauung am morgigen Tag. Das hatte die Zimmerwirtin, bei der sie seit Beginn ihres Studiums wohnte, genäht – es war ihr Hochzeitsgeschenk für Amelie; gemeinsam hatten sie die Stoffe aus dem Fundus ihrer früheren Schneiderinnenwerkstatt ausgewählt.

Wie ein stilles, freudiges Versprechen leuchtete dort am dunklen Schrank das helle Kleid, und Amelie, die immer noch im Türrahmen stand, dachte, dass sie nicht mehr zu fliehen brauchte, fort von Spott und Schmach, dass sie seit beinahe drei Jahren, seit ihrer Zeit hier in dem kleinen alten Haus umgeben war von Anderem, das sie zu spüren, das sie anzunehmen hatte lernen dürfen: der unbeirrbaren, warmherzigen Liebe der älteren Frau. Amelie fühlte es in ihrem Innern, dass ihr eigenes gefrorenes Herz sich aufgetan hatte in diesem wundersamen Raum der Zuneigung.

Der helle Schneestaub draußen vorm Fenster und hier der matte Glanz des Kleides, sie waren in ihrer Feierlichkeit, dachte Amelie, die Zeichen ihres Versprechens, und morgen in der Kirche – und dies war ihr wichtiger als der amtliche Vorgang heute – würde sie ihrem Mann ihr Versprechen der Liebe geben und würde später sich ganz ihm geben, würde einem Mann sich geben, zum ersten Mal in ihrem Leben.

Sie betrat es nicht, das Zimmer; die Freude, der Friede, die sie erfüllten, dehnten sich aus in ihr, ließen ihre Gedanken wandern und zurück sich wenden und weiter zurück bis zur elterlichen Wohnung, und immer noch war Friede in ihr, und jetzt würde sie anrufen dort und würde es ihnen sagen.

Ihre Nachricht, dachte Amelie, würde die Eltern spät erreichen, aber sie hatte es nicht von ihnen berühren lassen wollen, dieses zögernd wachsende Glück, sie hatte es wachsen lassen in der Sicherheit ihres Herzens, und nun wuchs es darüber hinaus, das ganze Zimmer hier hatte es eingenommen, berührte die Flocken vorm Fenster, reichte hinüber in die Nähstube der Zimmerwirtin und bis dahin, wo Anton Burgwaechter war und sein Elternhaus, und wuchs und dehnte sich weiter.

Nicht die, dachte Amelie, die in der niedrigen Küche, den niedrigen Zimmern saßen, würden die Finger ausstrecken nach dieser sich immer weiter ausdehnenden Helle und sie durch eine Berührung ins Dunkle stürzen, sondern entgegengesetzt würden die Kräfte wirken. Der Friede, die Liebe würden übermächtiger sein, würden die auf sie weisenden Finger senken und ruhen lassen, würden einen Schimmer, einen freundlichen Schein tragen in die Düsternis dieser Herzen.

Die Zimmerwirtin, die morgen die Braut zum Traualtar führen würde und im Beisein ihrer Nachbarin, die eben an die Tür geklopft hatte, an Verschönerungen ihres eigenen festtäglichen Kleides arbeitete, hatte eine immer beängstigender werdende Unruhe in sich gespürt. Amelie sollte jetzt bei ihnen sein. Sie hatten gemeinsam Tee trinken wollen, aber der eigentliche Grund für diese Verabredung war ein anderer gewesen: Die ältere Frau hatte in den vergangenen drei Jahren, stärker aber in den vergangenen Tagen, das sie untrüglich warnende Gefühl, dass Amelie nicht nur immerfort eine gütige, sondern auch eine wachsame Liebe benötigte.

Als sie nach kurzem Anklopfen, auf das ihr nur ein schwaches Ja antwortete, die Zimmertür öffnete, lag der Raum schon in winterlicher Dämmerung, kein Licht brannte, auf dem Fußboden, den Rücken an die Bettkante gedrückt, saß das Kind – wahrhaftig ein Kind, durchfuhr es die Frau – schmal und blass, in krampfhaft aufrechter Haltung und hielt etwas Weißes an seinen Körper gepresst.

Dies also war Amelies Kindheit gewesen, und sie, die ältere Frau, sie hatte es ja gewusst, ohne dass Amelie jemals davon gesprochen hätte, und jetzt war sie wieder da, diese Kindheit, aus dem Raum der Vergangenheit hatten böse Klauen sich ausgestreckt bis hierher, bis in den heutigen Tag hinein. Zwischen trockenem Schluchzen und aufs höchste angestrengter Beherrschung fielen endlich gestammelte Worte, deren Zusammenhang sich der Frau, die sich neben dieses Kind auf den Fußboden gesetzt hatte und es in ihren Armen hielt, bald ergab: Getragen von der Freude in ihrem Herzen hatte Amelie die Telefonnummer gewählt, aber kaum, dass die Eltern erfahren hatten, dass ihre Tochter am kommenden Tag kirchlich heiraten würde, waren Vorwürfe, Beschimpfungen auf sie niedergegangen, denen ihre leiser und leiser werdenden Einwürfe – sie »müsse« nicht heiraten; sie werde nach dem Examen wie geplant arbeiten; sie könne bald monatlich eine Geldsumme schicken – nicht standzuhalten vermocht hatten und wohl auch in dem wachsenden Tumult mehrerer Stimmen am anderen Ende der Leitung untergegangen waren. Gemeine, obszöne Begriffe waren gefallen und schließlich der Satz, dass die Eltern »die undankbare, schamlose Tochter« nicht wiederzusehen wünschten.

Amelie begann sich zu fassen, als sie bemerkte, dass das Weinen eines Menschen neben ihr nicht aufhören wollte, dass sie gleichzeitig von diesem Menschen befühlt und gestreichelt wurde, und die so oft erprobte Übung zur Rückgewinnung innerer Stärke und inneren Widerstands gelang ihr auch jetzt.

Vor ihrem Fenster war es nun vollends dunkel geworden.

Sie half der Älteren auf die Füße, die nahm das zerdrückte Kleid an sich, um es noch einmal aufzubügeln und bemerkte nicht, während sie sich nun beide dem Nähzimmer zuwandten, dass der Bogen des Widerstands in Amelie mehr und mehr an Spannung gewann, verstand – selbst noch verstrickt in den miterlebten Kummer – die Alarmzeichen nicht: Amelies plötzlich heiteren Plauderton im Gespräch mit der Nachbarin, ein zu helles Lachen, die Unruhe ihrer Gebärden.

Wie seit Tagen besprochen, stand Amelie an diesem Abend vor ihrem Fest das Badezimmer zur Verfügung, und während die Zimmerwirtin wieder am Nähtisch arbeitete, die Nachbarin in der Küche »Schnittchen schmierte« für ein gemeinsames Abendbrot, hörten sie, dass Amelie Wasser einließ in die Badewanne, hörten Musik für einen Moment, weil Amelie in ihrem Zimmer das Radio ein- und wieder ausgeschaltet hatte, hörten sie umher laufen in ihrem Zimmer, im Flur, im Bad und dass dessen Tür nun geschlossen wurde; und saßen wieder beisammen am Nähtisch und hörten, dass Amelie sang in der Badewanne, und hoben die Augen, um sich zuzulächeln, und erstarrten in ungläubigem Erschrecken, weil jetzt dazu Instrumente erklangen, eine andere Singstimme jetzt, dann ein Schrei. Im selben Augenblick erlosch in der Wohnung das Licht.

Durch die beiden Frauen hatte Anton Burgwaechter, der kurz nach ihrem Anruf bei ihnen gewesen war, an diesem Abend und in den folgenden Tagen in Bruchstücken erst, dann immer ausführlicher, mehr und mehr erfahren über die Stunden dieses Nachmittags, den letzten Stunden in Amelies Leben. Diese Mosaiksteine hatten sich ihm zu einem immer vollständiger werdenden Bild zusammengesetzt, dessen Muster er bald erkannt und wiedererkannt hatte.

Seit damals, als das Kind Amelie aus seinem Fieber und seinen Träumen erwacht war, seit es ein Ziel gesehen und eine Strategie entwickelt hatte, seinem Leben Glücksmomente zu geben, hatte es unbeirrt diesen Weg verfolgt. Ein zugefügter Schmerz war von Amelie beantwortet worden mit dem raschen Sprung auf eine andere Ebene, die versprach, ihr Anlass zu sein zu Freude, zu Heiterkeit. Dies war ein »Dennoch« oder »Trotzdem«, und es waren zugleich Fluchten davor, den Schmerz anzunehmen, sich ihm zu stellen. Mit beängstigender Energie versetzte sie sich in Zustände ungebändigter Fröhlichkeit, die, je tiefer ein Schmerz gewesen war, um so höhere Sphären erreichte. So tief war dieses Mal die Verletzung gewesen, dachte Anton Burgwaechter, der Schmerz so groß, ihre Flucht so verzweifelt, so ekstatisch, so folgenschwer, dass Amelie nun –

Er blickte in die Gesichter dort drüben auf der anderen Seite des Grabes, und Hass stieg in ihm auf und stieg in seine Augen, und er meinte zu sehen, dass die da zusammenrückten in ihrem Trotz, und als er meinte, den Anblick dieser Mienen nicht mehr aushalten zu können, war ihm, als bewege sich zwischen diesen Gestalten etwas Lichtes wie ein schmales, weiß schimmerndes Nebelband – nicht Amelie, wie er sie eben gesehen hatte, aber wie der Gedanke ‚Amelie' – umkreise, streife jeden, schließe die Phalanx ihrer Körper ein wenig auf, und sein Hass verfloss. Gestern erst hatte er Amelies Eltern angerufen, sie über den Tod der Tochter, den Termin der Trauerfeier informiert, in kürzester Form den Hergang des Unfalls geschildert: Amelie habe am Abend des vergangenen Freitags das Radio aus ihrem Zimmer ins Badezimmer getragen, es dort angeschlossen und eingeschaltet, im Badewasser sitzend ein Handtuch gegriffen, es zu sich herübergezogen, Handtuch und Radio hätten sich im Wasser befunden, der Stromschlag habe sie getötet.

Es wurde Anton Burgwaechter plötzlich bewusst, dass sich diesseits und jenseits des Grabes zwei Gruppen von Menschen befanden und dass die eine wie die andere Gruppe sich Amelies Familie nannte. Hier standen er und seine Eltern, die Amelies Zimmerwirtin in ihre Mitte genommen hatten, und Eichinger, sein Trauzeuge, und dessen Frau hielten abwechselnd in aufmerksamer Besorgtheit den Arm der Nachbarin; drüben standen Eltern, Brüder und Schwestern. Deren Mienen hatten sich nicht verändert, immer noch glomm abweisender Trotz in ihren Augen, drückte ihre Haltung Abwehr aus. Niemand hatte mit ihnen bisher gesprochen. Kam denn nicht ein Hass auf ein Anderssein, dachte er, aus eigener Verzweiflung und der tiefsten Angst, deren Ursachen zu erforschen? Liebte einer dort drüben sich selbst und war fähig zu lieben? Dies, das sie demonstrierten, erschien wie ein hilfloser Eigenschutz, und so tat er den ersten Schritt und ging hinüber zu ihnen und nannte seinen Namen und reichte jedem die Hand, und jeder, tatsächlich jeder, stieß ruckartig und mit Anstrengung, als gehorchte er widerwillig einem Befehl, die eigene Hand nach vorn und ließ sie drücken, ohne den Händedruck wiederzugeben, und Anton Burgwaechter wandte sich ab und blieb stehen am Grab. Schnee fiel weitum und fiel auf den Sarg, und Amelie trug ihr Hochzeitskleid, und dann stand Eichinger neben ihm, um ihn zu halten.

***

Anton Burgwaechter schwieg, später lächelte er. Über meine Wangen lief Kühles wie schmelzender Schnee.

Ein Weinen und ein Lächeln für Amelie.

(aus dem Manuskript des Romans »Die Nachricht kam am Abend« [Arbeitstitel])

Ismail Kalayci

WENN ICH SCHLIESSE die augen wie die uralte tür
zur küche hinter der mutter selten stand selten für uns
kochte sie musste ja immer arbeiten

am fließband wäre die silhouette von diesem gedanken
deutlich zu erkennen würde ein meer gegen die dünen
meiner augenlider

schwere wellen schlagen safrangelb gegen das einge-
schlossene licht will ja schließlich raus dieser verstockte
zustand ist eine durch ein jetzt-wort

verstopfte ader wurde gesagt nachdem man den großvater
großzügig seziert hatte ich wollte nicht dabei sein
hätte aber einen stift gern in

seinen situs gelegt der einem verschneitem berg glich
bleich & aufgedunsen mit den spuren des winters
wenn ich sein mund wäre gewesen hätte ich

gebeten mir eine wolke in die brust mit einzunähen

WEGE DAHIN

wer mich hier sieht sitzen wird nicht müde
sich zu wundern ÜBER meinen schalen mund

EIN krabbeltier die lippen wenn sie offen sind
eine höhle mit zeichnungen von roter kreide blut

jagte ich rastlos kaum war so eins gefunden
hinter dem nächsten WORT her und inzwischen

heute lege ich mich gern in meine schale zurück
trocken und grindig und von den jahren geschunden

und dahingeworfen wie ein dürres schneckenhaus
IN den sand wuchert morgens ein neues zeichen

IN MEINEM gesicht wachsen stündlich augen
aus dem salzigen muschelfleisch

und zwinkern im gehäuse wo das LICHT friert

GENAUIGKEIT UND GERÜMPEL

eines tages dann, das ende daheim
endlich, von dem nagenden wunsch
mich befreiend, einmal ein umhegtes
gelände werden zu können

genauigkeit und gerümpel, mehr war
mein leben nicht hier gewesen
hinter dieser tür, festzuhalten
mit allen erdenklichen stiften

ein zuhause also, vom blick her leicht
abzutasten, zu durchbrechen
diese abartige kontinuität von
keimenden erinnerungslücken

beginnend beim sofa, wo mittagsschlaf
stattfand unter dieser warmen decke
vorbei an treppen und konsolen
hinweg zu den großen fenstern

fehlt hier das weiß der wände nicht
wie ich es halt wollte, auch die unruhe
der beschriebenen blätter, die nachwehen
meines kümmerlichen lebens

morgen werde ich zwischen körben
kartons und gartengeräten ein rätsel sein
für mich selbst, wenn sie mich abholen
ein fragezeichen für die andern

GROSSVATER

»so sehr überfüllt
nun die Nacht unsre Schläfen,
dieses
aufstöhnende Herz«

j. bobrowski

deinem dorfe großvater ging ich in einem traum entgegen
da war es tag und rau da kam ich den alten pfad entlang

da war der olivenhain vergnügt und schattensüchtig und
die oliven waren schwarze augen

gegen den sengenden nachmittag

hörte man manchmal ein altes lied das murmelte der bauer
selbst am frühen morgen beim ewig müden gang in

die tabakfelder

und am abend kam trauer mit zurück und saß am brunnen
da warfen wir kinder unzählige kieselsteine in seinen mund

und jetzt kaue ich die erinnerung in meine ewige nacht
wo mir das herz lauthals stummt

WENN DU FÜR IMMER FORT BIST ist der kommende tag
wie ein kreischender bohrer im mund diesen faulen zahn zu
ziehen bis zur wurzel deiner leiblosigkeit

auch ohne betäubung

will dieser morgen keinen einzigen sonnenfaden mehr aufspannen
in der luft und gegen mittag da klebt er ganz schwerfällig wie
teer und rinnt an diesen häuserwänden

langsam herunter

da kommen menschen unter meinem fenster vorbei die hat ein gott
erschaffen der unter zuviel drogen stand und im fernsehen
erklären sie gerade gagarin hätte sein leben

in einer heilanstalt beendet

ich schreibe dir lange briefe aus salz das sind kristalle der zunge
das sind wörter die brennen sich ein auf der haut und um die
knoten herum die lösen sich auf in der nacht

wenn du fort bist

mahlen die pochenden schläfen den schlaf zu staub der weht
hinaus durch alle ritzen und wird irgendwo
hell

SONNENWENDE

verlorenes trägt auch vielfach das kommende, die zeit
trägt es in sich: die zeit –

hohle ringe, steine, felsen, strandgut, holz + wasser
schreiben die spuren auf –

die hand schreibt nichts davon, die zunge geht kaum davon
aus, was der mund sagen würde –

einfach die art, die einfache & unerklärbare warum ein
bestimmter duft nicht vergeht –

im sinn die sinnlose zahl, im park herbstdunkel, der jäh
mitten in die kälte fällt, mitten unter die menschen –

EIN ABSCHIED

kein geschwätz mehr, sagst du, scheinbar ohne tonfall
und dort, wo wir vorhin saßen, als offenbarte man ein
geheimnis, zwei tassen, ein fast voller aschenbecher

im mantel, weil die kälte jetzt besonders schneidet
stehen wir an gleis vier, denn gleich wird der intercity
einfahren, mit theatralischem metallknirschen

die ganz großen gefühle inklusive, sie steigen mit
in den zug, der alte koffer aus leder, die dunkelrote
handtasche, und deine augen, die vorausgehen

ohne mit der wimper zu zucken, nehme ich an
ich kann es ja nicht sehen, und unglaublich viel
war da noch, wäre zu sagen gewesen

wortlos schweigt mein mund jetzt die blanken
gleise ab, hinter dem zug, der längst abgefahren
eine kreischende stille hinterließ, mit dir

ALTER EGO

1

der im genick mir sitzt ich werf ihm knochen
vor die füße ich erbarme mich seiner unschuld

in der geschichte komme ich vor seines versagens
in der dürre seiner felder in den stoppeln des korns

bemächtige ich mich seiner träume der scherben
gehäuft auf staub und erde, gehäuft

2

ich denunziere seine zitternde lust auf körper auf
warme schenkel auf blühende sonnen des feuers

schamane der ich bin seiner suche hand der gott
der in ihm wohnte immer lautlos den er anrief

in diesem aufbegehren seiner augen dieser starre
seiner mundwinkel der zeuge seiner spuren

3

er legt sich in meinen schatten, in sein grab

PENELOPE

für dich, auf meiner haut, das blaue salz
meines endlosen schweigens, es perlt

zwischen netzen, planken
den schweren ankern
der fischerboote

setze dort die segel auf, für mich
nimm das ruder in die hand
treibend unter brücken der einsamkeit
schwillt alles, schäumt auf das offene wasser zu

mit uns, bleiben diese zweifel in dir
sie bleiben und der tod
in den augen der seemänner
hält daher ausschau

nimmt uns der wind auf seinem rücken mit
hält den kurs für mich, die wogen zu ihm
an die küsten ithakas, der heimat

meines verirrten odysseus, zu dir –

IN EIN ANDERES GELB

»Was ists für Wurzelwerk das krallt,
was für Geäst das schlägt
Aus diesem Schutthaufen?
Du Menschensohn (...)«

T.S. Eliot, Das wüste Land

von welchem gott sind diese spuren im sand, von
wem die abgenutzten schuhe im graben, am strand

liegen wir zur probe, auf den wiesen und weshalb
sehe ich diesem menschengetöse aufgeregt entgegen

in der sie verloren gehen, mit mir, und treiben sie in
jeden hell erleuchteten winkel, wenn all diese nächte

verblenden, in dieser stadt, wenn endlich spurlos ich
bleiben darf, eine öde für das auge, *das wüste land*

wird mich nicht davon abhalten zu gehen, mit drei
sonnenblumen ins dunkel tastend, drei schwarzen

punkten auf gelb

UNTERWEGS, AUF UMWEGEN

»Von einem Wort zum andern
Verflüchtigt sich, was ich sage.
Ich weiß, dass ich lebendig bin
Zwischen zwei Klammern.«

octavio paz, GEWISSHEIT

unterwegs, auf umwegen, war ein schmaler pfad
der entführte mich in einen atemlosen wald, da
hörte ich flügelschlagen, das rascheln des laubes
dunkelnd in die herabrieselnde nacht, da fiel ich

sprachlos, dem gedanken des schattens hinterher
mit dem wind, im halbschlaf, über kastrierte äcker
und später in gassen, einer hoffnung voraus zu sein
zu lichtern hin, zu menschen, mit vernähten lippen

und schweigend, wie das große weinen der steine
unter den füßen, da lief ich alle bordsteine entlang
bis der morgen vor mir stand, so kühl und verklebt
trat ich dem tag entgegen, unterwegs, auf umwegen

schälte sich, in der ferne, eine lakenweiße sonne
aus ihrer uralten, vertrockneten haut, die brannte
mir zeichen auf den staub, zwischen meine schritte

die eilten, ewig stilles wandern, den tod im nacken

auf umwegen, kurz vorm letzten atemzug, zu mir

HAUCH DER STILLE

und lautlos verfängt sich dein gesicht im spiegel

kehrst du nie mehr dahin zurück, verlierst dich
wieder in dir selbst, im seelenmaterial, im sinn
hinter dem scheitel, dem äther des nichts

und lautlos schlagen jetzt deine wolkigen herztöne

hört man auslöschung im raum, den hauch der stille
deiner auflehnung, das raunen der dunklen wälder
bis in die nacht hinein, zum morgen hin

und lautlos zerspringt dein blick unterm himmel

scheint nun der gelbe mond, scheint die alte sonne
ist da der berg und dieses ferne meer mit dem blau
dem grün und dem weiß schaumiger wellen

und lautlos gehst du von uns, lautlos von der welt

Philipp Knichel

Nie weiß man, ob die Liebe funktioniert

Das wäre vor etwas mehr als einhundert Jahren doch kaum denkbar gewesen: Eine Frau sitzt alleine im Café, wo sie sich etwas Wahrnehmbarkeit kauft und auch andere wahrnehmen kann. Jetzt aber stellen wir uns diese Frau mit Leichtigkeit vor. Die Frau sitzt am Fenster, sie blättert in einer Zeitschrift, aber sie ist viel zu unkonzentriert, um tatsächlich zu lesen, und immer wenn sie in ihrer Tasse rührt, blickt sie zur Seite auf die Straße hinaus. Sie trägt einen roten Pullover und offenes Haar. Stellen wir sie uns hübsch vor? Ja, warum nicht. Vor ihr liegt ein Tagebuch, in dem ein Stift steckt, eben noch hat sie darin etwas aufgeschrieben. Wissen wir, was sie geschrieben hat? Wie könnten wir, wir wissen ja noch fast nichts über die Frau, nicht einmal, dass sie sich erst vor wenigen Tagen von ihrem Freund getrennt hat. Sie folgt dieser merkwürdigen Idee, sich wegen fehlender Gefühle zu trennen. Natürlich ist die Frau nicht glücklich, dort an ihrem Fensterplatz, höchstens ein bisschen erleichtert, doch sie zweifelt. Wer hat die Gefühle bloß zur maßgeblichen Direktive erhoben? Macht es die Dinge leichter? Es waren ihre fehlenden Gefühle, die sie verleitet haben, sich von ihrem Freund zu trennen, wobei er ja eigentlich noch gar nicht ihr Freund war, jetzt wäre eben nur der Zeitpunkt gewesen, ihn zu ihrem Freund zu machen, er hatte sie neulich abends gefragt. Sie sagte nein und suchte nach Erklärungen. Wie erklärt man Zweifel? Unsere Gefühle sind Antworten auf die Situationen, in die wir uns hineinbugsieren. In diesem Falle sie, die junge

Frau, es hatte alles sehr schön angefangen, das Kennenlernen, die ersten unverbindlichen Wochen, in denen man sich trifft, weil es sich gut anfühlt, dann die erste gemeinsame Deutung, und man ist sich einig, dass es gerade nicht um mehr gehen kann. Beide ziehen ihre Gründe hervor, und das verlängert die leichte Zeit der Unverbindlichkeit. Dann gewöhnt man sich an das Beisammensein, die Treffen werden selbstverständliche Variablen in der Alltagsplanung, und in ganz ungeplanten Momenten öffnet man sich und zeigt, wie man von innen aussieht, die Ängste und Irrtümer. Oft lernt man auch, eng verschlungen zu schlafen, ohne von den Bewegungen des anderen zu erwachen. So war es bei ihnen, und sie wiegte sich in juristischer Sicherheit, denn sie hatten ja eine erste Abmachung, die ihr ermöglichte, sich zu öffnen. War es sein Fehler zu glauben, die Abmachung werde von der Realität abgelöst? Wer da jetzt etwas missverstanden hatte, müssen wir nicht entscheiden. Vielleicht wurde auch gar nichts missverstanden und es waren einfach die Gefühle, die Handlungsanweisungen erteilten, seine klar und bestimmt, ihre undeutlich oder gar nicht zu hören.

Und jetzt sitzt sie im Café und blickt immer wieder nach draußen. Wenn jemand sie von der anderen Seite des Raumes dabei beobachten würde – sagen wir, ein junger Mann, der sich einige Aufsätze mit ins Café genommen hat – dann wüsste er nicht mehr von ihr, als das, was er sehen könnte. Eine magische Vorstellung: Mit jedem Satz, den sie später miteinander wechseln, verdrängt die Realität die Illusion, die er sich von ihr bastelt. Mit jedem Wort fordert die Realität ihr Recht ein gegenüber seinem Ideal, so wie die ersten Januarwochen das machen mit den Erwartungen an das neue Jahr. Doch noch ist alles möglich! In seinem Kopf entsteht ein Fragebogen. Die Vorstellung füllt die Leerstellen, ein Kaleidoskop aus Kurzschlüssen und Hoffnungen. In dem roten Pullover sieht sie aus wie eine Pariser Intellektuelle. Ob sie raucht? Wein würde ihr gut stehen. Aber sie trinkt Tee. Sicher ist sie Feministin, sie ist klug und jung, und immer wieder muss er jetzt hinübersehen, er säße gern an ihrem Tisch, um sie zu fragen, was sie in ihrem Tagebuch notiert hat, und vor allem will er nicht mehr andauernd durch den Raum zu ihr hinüber starren. Sie hat ihn noch nicht bemerkt. Spricht er sie an? Warten wir es ab.

Zunächst betritt eine andere junge Frau das Café. Sie bleibt am Eingang stehen und blickt sich um, bis sie die Freundin am Fenster entdeckt. Eine lange, herzliche Umarmung, in der wir mit dem Wissen, dass die Frau im roten Pullover gerade eine Liebesgeschichte beendet hat, durchaus auch Mitgefühl erkennen, das stumme Gestenalphabet der Freundschaft. Zur besseren Unterscheidbarkeit trägt sie eine dunkle Bluse, Jeans und große Ohrringe. Urban sieht sie aus, wie ein junger Mensch in der Großstadt, aber das ist sie ja. Sie setzen sich, und gleich beginnt das Gespräch. Die neu Angekommene weiß um das Geschehene, heute geht es für sie vor allem ums Zuhören. Wie sie sich fühle, fragt sie, und das Mädchen im roten Pullover sagt okay. Ihrer Freundin erzählt sie, dass man einen Menschen lieb gewinnen kann, ohne ihn zu lieben, und dass das bei ihr der Fall war, sie vermisse ihn, ihren Fast-Freund, und sie hätten mehr beieinander gefunden als nur Ablenkung und Gesellschaft, einen Menschen für den Heimweg und einen Körper in der Nacht. Doch ihr reiche das nicht. Laufend fänden Abstimmungen in ihr statt, und die Mehrheit sage Nein. Sie wolle, und dabei blickt sie wieder aus dem Fenster, dass in ihr einmal alles Ja sagt. Sie verrät nicht, dass sie daran zweifelt, ob es so etwas überhaupt gibt, und bei anderem Licht könnte man sehen, dass ihre Augen glänzen. Ihre Wangen sind warm und rot. Der Mann am anderen Ende des Raumes sieht es nicht. Er sieht sie sprechen und wünscht sich an ihren Tisch.

Man baue etwas auf, sagt sie, und dann reiße man es wieder ein, weil man glaubt, dass es nicht halten wird. Schlechte Architekten seien sie, und noch schlechtere Ingenieure. Und das sei doch scheiße, diese kontrollierte Sprengung, dieser kontrollierte Schmerz, der am Ende doch vor allem eins sei: Schmerz. Warum es denn nur die Wahl zwischen diesen beiden Optionen gebe, sich jetzt zu verletzen, da das Band noch lebendig und durchblutet, aber dünn sei, oder später, wenn es spröde werde und brüchig, aber Verwurzelungen geschlagen habe und Andockungen an der kompletten Herzoberfläche, und dann gäbe es keine Straße mehr in der Stadt, die man nicht mit dem anderen verbinde, mit diesem anderen, von dem man doch eigentlich gar nicht völlig überzeugt war, aber bei dem man eben geblieben sei. Dann schmerze es noch mehr, und außerdem sei man die ganze Zeit blockiert für denjenigen, bei dem man vielleicht keine Zweifel hätte, und deswegen habe sie das eben beendet. Und jetzt bemüht sie sogar noch einen Vergleich, wahrscheinlich ein Gedicht, das sie mal gelesen hat, und sagt, dass ihr Baum durchaus hätte blühen können, hätte sie ihm nicht die Wurzeln abgehackt. Als sie an das Bäumchen denkt, das sie sozusagen gemeinsam gepflanzt haben, auf einer Bildebene, sieht man die Tränen auch im Licht des Cafés. Nur der junge Mann sieht sie nicht, dafür sitzt er zu weit weg. Er sieht nur, dass die Freundin nun die Hand hält, aber er weiß ja nicht, um was es geht, hört auch nicht, dass die Frau im roten Pullover zu so etwas wie einem Fazit ansetzt, jedenfalls sagt sie, vor allem sei es scheiße, wieder allein zu sein, das ertrage sie nicht mehr, erst recht nicht, wo doch jeder um sie herum jemanden habe und man kaum mehr Freunde finde, die sich eine Situation wie die ihre überhaupt auch nur vorstellen könnten. Früher sei es ganz leicht gewesen, allein zu sein, weil man ja quasi gar nicht allein gewesen sei, all ihre Freunde lebten das gleiche Leben, doch dann hätten sie nach und nach ihre Prioritäten verschoben wie Dominosteine, und nun verbrannten sie ihre Euphorie gemeinsam mit ihrem Partner, und immer weniger Bemühen sei da, die Distanzen in den Freundschaften zu überwinden. Warum denn auch, sie haben ja ihren Menschen, und dann sei das Kaffeetrinken am Nachmittag eben nur ein nettes Kaffeetrinken, während es für sie die soziale Hauptattraktion des ganzen Tages ist! Dass das natürlich gar kein Vorwurf sein soll, fügt sie hinzu, denn ihr sitzt ja die Freundin gegenüber, die nur nickt und mit ihrer Stille einen Raum öffnet, in dem die Frau im roten Pullover nach Verständnis suchen kann. Deshalb sagt sie jetzt auch noch einmal, dass es trotzdem richtig ist, das gerade beendet zu haben. Das gerade – deutlicher benennt sie die Liebesgeschichte nicht. Das sollte es ja auch gar nicht sein, eine Liebesgeschichte, also war es auch keine, denn mit der Liebe ist es ein bisschen so wie mit Gott, er existiert für dich nur, wenn du an ihn glaubst, und doch hat dein Glaube gar keinen Einfluss darauf, ob es ihn gibt oder nicht. Genau wie bei ihr, der Liebe.

Während wir darüber noch nachdenken, erzählt sie schon von einem Video, das sie mal gesehen habe, in dem bekamen Kinder einen Marshmallow vorgesetzt mit dem Versprechen, noch einen zu bekommen, wenn es ihnen gelänge, ihn für eine unbestimmte Zeit nicht zu essen. Jetzt verstehe sie den Reiz und auch die Panik. Sie sei selbst ein solches Kind, sie warte immer nur, während sie hungriger und hungriger werde, und langsam nagten die Zweifel, ob überhaupt jemand wiederkomme, um sie zu belohnen. Sie finde, das sei gewiss ein besseres Bild als das vom Kind im Süßigkeitenladen, das sich nicht entscheiden kann. Da lächelt die Freundin in der dunklen Bluse. Wirklich eine bessere Vorstellung. Sie fühlt sich ganz mild, seit sie im Café sitzt und zuhört. Sie wird gebraucht und gibt. Fast wie eine gütige Mutter. Sicher schämt sie sich für den Vergleich. Eben ist ihr ein junger Mann aufgefallen, der am anderen Ende des Cafés sitzt und ständig zu ihnen herüberblickt. Lieber nicht, mein Freund, denkt sie sich. Lieber nicht.

Auch sie kennt diese ungeheure Unordnung, wenn sie nach innen blickt. Sie spricht nicht darüber, denn es würde ihrer Freundin nicht helfen. Aber sie fühlt sich ihr ganz nah, als diese, jetzt also wieder die rote, erzählt, dass sie immer öfter nicht weiß, wer sie sei. Wie sehr die äußere Suche und das Durcheinander tief drinnen zusammenhängen. Und dass es sie so müde mache, ihr Selbst immer weiter zu verflüssigen und ständig neu zu verhandeln. Was für eine terroristische Idee, ein authentisches Wesen zu sein, sie versteinere, sie versteinere, und ohne das Wissen um sich selbst falle es ihr immer schwerer, ja zu sagen.

Das ist alles verständlich, doch wo führt es hin? Wollen wir den ermüdenden Reflexionen über die Liebe in der Stadt noch weiter folgen? Beide Frauen scheinen sich gerade erst richtig eingerichtet zu haben, und der Mann im Hintergrund wird langsam ungeduldig. Vielleicht sollten wir eingreifen. Lassen wir die zweite Frau also unter irgendeinem Vorwand kurz hinausgehen, und zuvor sagt sie noch, dass wir unser Leben durch unsere Entscheidungen definieren, und dass auch ein Nein eine Entscheidung sei. Damit gibt sie ihrer Freundin etwas zum Nachdenken. Der junge Mann am anderen Ende des Raumes sieht nun, dass das Mädchen im roten Pullover alleine am Tisch sitzt. Er steht auf und durchschreitet den Raum, der ihm auf einmal wie eine Halle erscheint, mindestens vier Mal noch fragt er sich, ob er wirklich genug Mut hat, und jedes Mal sagt etwas in ihm Ja, bis er tatsächlich an ihrem Tisch steht, wartet bis sie aufsieht und sagt: »Ich will gerne wissen, wer du bist.« Dann legt er einen Zettel auf den Tisch, dreht sich um und eilt aus dem Café, bevor sie antworten und das erste Puzzlestück der Illusion zerbröseln kann.

Natürlich löst das ihre Probleme nicht. Vielleicht hat sie nun sogar ein Neues. Aber als ihre Freundin, die jetzt nach Rauch riecht, wiederkommt, wirkt sie gefasst und sagt schließlich, dass es doch eigentlich ganz normal sei, nicht zu wissen, wer man ist. Man könne nie wissen, wer man ist, weil man ständig jemand anderes ist. Hauptsache, man vergleiche das aktuelle Ich nicht ständig mit den früheren Versionen seiner selbst und den alternativen Versionen, die es nie gegeben hat. Korrigieren könne man ja doch nichts. Und das sei zwar noch keine Entscheidung, aber immerhin so etwas wie eine Einsicht, und für heute reiche ihr das vollkommen aus.

Rolf Karl Siegmann

Kann ich Brötchen kaufen, bitte?

Emma hält die Augen fest geschlossen, gibt sich den Irrlichtern ihrer Träume hin. Szenen wechseln. Sie rennt durch Straßenschluchten. Häuserfluchten scheinen am Himmel festzukleben. Ihre Schritte hallen über den Asphalt. Sie erkennt weit und breit keinen Menschen, kein Tier, strebt einer Feuersonne entgegen, die alles in sich aufsaugt. Dann dreht sie sich um, tanzt im Rhythmus von Ballsaalmusik, spürt Wellen, die an einem Kreuzfahrtschiff anbranden. Ihre Schuhe klackern über Parkettboden, Meeresparfüm umweht sie. Wo Emma sich auch hinbewegt, öffnet sich eine Schneise. Die Menge weicht zurück, bis sie vor ihren festtagsgewandeten Eltern steht. Sie betrachtet die Augen ihres Vaters, glaubt, auf der Regenbogenhaut die Korallen- und Fischwelt zu erkennen, die unter einem Kreuzfahrtschiff vorbeigleitet. Sterne übersäen das Gesicht ihrer Mutter, verwandeln sich in das Löwenwappen ihrer Dienstbehörde. Emma tritt zu ihnen, will die Eltern fest an sich drücken, als sie ein Geräusch wahrnimmt, ein Brausen, das in ihr Bewusstsein vordringt, den Bildern ihren Platz raubt. Das Smartphone vibriert, wütet über die Holzfläche des Nachttisches. Sie greift es und öffnet die Augen einen Spalt weit, erkennt die Nummer der Dienststelle, schnauft durch und drückt auf den grünen Kreis mit dem Telefonhörer. Die Glasoberfläche fühlt sich kalt an.

»Ja?«

»Einsatz! Sofort!«

»Wo?«

»Im Riedfeld. Ja, da randaliert einer von denen aus der Einrichtung vor der Bäckerei. Magda Niedmeier hat angerufen.«

»Die alte Niedmeier?«

»Ja.«

»Bin schon unterwegs.«

»Paul ist gerade losgefahren. Du triffst ihn vor Ort. Für Ruhe sorgen, durchgreifen, Personalien aufnehmen, klar, Emma?!«

»So was von, Chef!«

Während Emma mit ihrem Chef telefoniert, streift sie sich die Hose über und schlüpft ins Hemd. Sie beendet das Gespräch. Ihre Haare fühlen sich klebrig an, feucht von der Nacht. Wirklichkeit schlägt Emma entgegen, Erinnerungen an Max, der ihr mit geilem Grinsen sagte, dass er sie nicht mehr treffen könne, es wäre zu kompliziert, auch wegen ihrer Schichtdienste, dabei hatte sie ihn gesehen, Hand in Hand mit einem Püppchen, an die Mitteilung des Regierungspräsidiums, dass sie erst im nächsten Jahr ein Studium an der Akademie beginnen, in den höheren Dienst aufsteigen könne.

Sie riecht den Traumschweiß, die Pizzareste des gestrigen Abends, beseitigt den schalen Geschmack im Mund, indem sie etwas Zahnpasta auf den Zähnen verteilt. Die Wochenendbereitschaft war ihr gerade recht gekommen. Emma öffnet das Fenster, vollständig angezogen, bereit loszuziehen. Sie bemerkt einen Tautropfen auf den Blättern des Rhododendrons vor dem Haus, der zu Boden fällt. Eine Krähe fliegt auf das Dach des Nachbarhauses, Amseln zwitschern. Sie schnallt das Halfter um, prüft den Verschluss, steigt in die Stiefel, zieht den Gürtel fest und geht los. Emma stellt sich die Brezeln, Brötchen, den Kuchen, all die Köstlichkeiten vor, die der Vater von den Niedmeiers mitbrachte, die Tüten, die er auf den Tisch legte. Der Motor des Autos heult auf, weil das Automatikgetriebe erst mit Zögern hochschaltet.

Jamals Kopf brennt. Er kann die Dämonen nicht verscheuchen, findet keinen Schlaf, weil er an Tamina denkt, sich ihre Zimtstimme, die Sternenaugen, die Seidenhaut vorstellt. Er trägt ihr Geschenk am Handgelenk. Die Farbe des Bändchens verbleicht. Manchmal berührt er es, hofft, dass sich eine geheime Tür öffnet und sie gerade in diesem Augenblick an ihn denken muss. Seit er hier angekommen ist, wartet er auf seine Braut, sein Ein und Alles.

»Es ist besser, du vergisst Tamina. Inschallah findest du eine Andere.« Die Worte seines Cousins Mohammed, das, was er ihm heute am Telefon gesagt hatte, die Andeutungen, trafen ihn wie ein Steinhagel, der vom Himmel fällt. Er überlegt, wer ihm Tamina wegnehmen will. Jaqub kommt ihm in den Sinn, ein Schwein, das sich an die hübschesten Mädchen ranmacht. Jamal hasst ihn, sein Blut kocht hoch, wenn er daran denkt, dass der Scheißkerl Taminas Haut berührt. Er öffnet das Fenster, sucht nach Zeichen am Himmel, findet keine. Tamina meldet sich seit Tagen nicht bei ihm.

Zeit fürs Gebet. Jamal rollt den Teppich aus, wäscht sich, dreimal Mund, dreimal Nase, Hände, Arme, Gesicht, Nacken, hinter den Ohren, in ihnen, schrubbt die Haut sorgfältig. Das Wasser fühlt sich frisch an, kühl, er reibt sich Körnchen aus den Augenwinkeln, trocknet sich ab. Er muss die Handtücher waschen. Dann beugt er die Knie, flüstert heilige Worte. Allah hört ihn nicht, vielleicht weiß er nicht einmal, wer Jamal ist. Gott schweigt, obwohl Jamal sich fürchtet, die Last der Hoffnungen und Erwartungen in sich trägt, inbrünstiger betet. Jamal legt sich hin, zieht die Decke über den Kopf, lauscht in die Nacht, hört Ahmed nebenan atmen, Musik aus einem weiter entfernten Zimmer, leise Rhythmen, und döst so lange, bis draußen das Wutgeschrei ertönt. Jamal nennt sie Nachtwölfe, Nebelschakale. Sie kriechen aus ihren Verstecken, Kapuzenleute, mit Fackeln und Taschenlampen in den Händen, die sich vor das Heim stellen, ihre Stimmen gegen die Mauern peitschen, wütend, aufgebracht klingen, Sprüche an die Mauer schreiben, englisch, damit jeder die Botschaft versteht: Go home where you belong, Germans first, und so weiter.

Jamal geht über den Flur zum Aufenthaltsraum, trifft dort den Heimleiter Werner. Malik steht bei ihm, senkt den Blick, die Fäuste in den Hosentaschen versteckt.

»Es reicht, so geht es nicht weiter. Ich ruf die Leute zusammen. Dann gehen wir raus und reden mit den Arschlöchern«, sagt Malik und stellt sich breitbeinig vor den Heimleiter.

»Reden?«, sagt Werner, sitzt am Tisch und schaut zur Deckenlampe, wo eine Motte sich nach Licht sehnt und gegen das Glas schlägt.

»Ja.«

Werner fixiert Malik: »Das gibt bloß Ärger. Ich ruf die Polizei, Malik!«

»Lass mal, wir können das alleine regeln«, sagt Malik.

Jamal lehnt am Türrahmen und sagt: »Malik hat Recht, das geht so nicht weiter mit den Nachtwölfen da draußen.« Die beiden wenden sich ihm zu.

»Schluss jetzt, Leute, ich ruf die Polizei, kapiert. So regeln wir das in Deutschland, gewöhnt euch besser schnell dran!«

»Du kapierst echt gar nichts. Sich anspucken lassen und schweigen, das sind eure Regeln«, flüstert Jamal, wendet sich ab und geht weg.

»Du verstehst gar nichts«, ruft ihm Werner hinterher.

Jamals Schritte quietschen auf dem Linoleumboden des Flurs, es gibt nichts mehr zu sagen. Er schließt das Zimmer hinter sich und legt sich mitsamt den Neon-Nikes auf die Decke, rollt sich ein, will die Dämonengedanken vertreiben, schweigen, an Tamina denken, träumen und beten und warten und warten und warten.

Die Dämmerung setzt ein, Schatten, Farben lösen sich. Jamals verlässt das Haus. Die Brötchen der Dorfbäckerei riechen nach Heimat und kosten dreißig Cent das Stück. Er füllt die Lungen mit Morgenluft, spürt der Stille nach, die sich über die Träume der Menschen gelegt hat, nimmt den Weg um die Siedlung herum, begegnet keinem, muss niemanden anlächeln.

Von weitem sieht Jamal die alte Bäckersfrau, ihren gekrümmten Rücken, die Schneehaare, hinter der Theke. Sie redet nicht gern mit Fremden, das spürt er. Jamal wagt es nicht, sie zu fragen, wovor sie sich fürchtet. Die Tür steht einen Spaltbreit offen. Jamal betritt den Laden, saugt den Duft der frisch gebackenen Brötchen auf. Die Wärme des Ofens dringt in seine Haut ein, er erinnert sich an zu

Hause, wenn alle zusammensaßen, kauten, Brotkrümel auf den Tisch fielen und das Haus mit Lachen und Geplapper fütterten. Die alte Frau fegt die Auslage, dann krachen die Brötchen in den Kasten und formen einen goldglänzenden Haufen. Sie schaut in die andere Richtung, als wünschte sie sich, dass Jamal sich in Luft auflöse. Er zieht den Kopf ein, federt die Schritte ab, als wäre er gar nicht hier. Nach einer Weile hält er es nicht mehr aus und nähert sich der Theke. Die Stirn der alten Frau glänzt.

»Entschuldigung.« Die alte Frau reagiert nicht.

»Kann ich bitte Brötchen kaufen?« Jamals Stimme vibriert. Die alte Frau wendet den Kopf. »Wir haben geschlossen!«, ruft sie ihm entgegen, dreht sich weg und verschränkt die Arme vor der Brust.

»Kann ich Brötchen kaufen, bitte?«, sagt Jamal. Er zeigt auf die Auslage.

»Bitte, verlassen Sie die Bäckerei!«, sagt sie.

Jamal tritt einen Schritt näher, presst die Lippen zusammen, er fuchtelt mit den Armen. »Bitte, Brötchen, drei Stück!«, schreit er.

Die alte Frau fährt sich durch die Haare, wendet den Kopf Richtung Backstube. »Hermann, kannst du bitte kommen?«, sagt sie mit Katzenstimme.

Jamal steht da, raubtiersprungbereit, hört Schritte aus dem Nebenraum. Eine Tür öffnet sich, mehr Backstubenduft weht in den Laden. Hermann trägt weiß, ein Häubchen bedeckt den Kopf. Er reckt den Kopf und schaut Jamal an.

»Der Herr will Brötchen kaufen, obwohl wir geschlossen haben«, sagt die alte Frau und zeigt auf Jamal.

Hermann stemmt die Hände in die Hüften und sagt: »Raus hier, sofort! Wir haben geschlossen!«

»Drei Brötchen, bitte!«

»Raus habe ich gesagt, verstanden? Vor Ladenöffnung gibt's keine Brötchen. Wo kommen wir da hin?«

Jamal zögert, tritt von einem Bein auf das andere, die Gesichtsmuskeln zucken. Die Tür erzittert, als er sie zuschlägt.

Draußen weht Eiswind von den Wäldern her. Jamal geht ein paar Schritte und setzt sich auf das Bänkchen gegenüber der Bäckerei, das zwischen zwei Kastanienbäumen steht. In den Baumkronen glaubt Jamal Schatten zu erkennen, vielleicht Engel, Feen, Märchengestalten, vielleicht Augen, die ihn beobachten. Jamal zieht die Jacke fest an sich, spielt mit dem Bändchen am Handgelenk, formt im Gedanken Worte, Gebete, ohne sich von dem Kloß zu befreien, den er in sich trägt. Später schließt er die Augen, spürt, wie das Holz, auf dem er sitzt, wärmer wird, wartet, hört den Vögeln und den Stimmen zu, die er in sich versammelt hat, den Kinderlandschaften seiner Erinnerungen, und vergisst die Kälte, die stockende Zeit.

Schritte knirschen über den Asphalt. Eine Gestalt nähert sich dem Laden, huscht gemächlich im Morgendunst durch Jamals Blickfeld. Die Tür der Bäckerei öffnet sich, die Schatten hantieren, gestikulieren, kurz danach hält die Nebelfigur Tüten in den Händen und schleicht zum Dorf. Jamal schaut ihr hinterher, spannt den Körper, stemmt sich von der Bank hoch und springt wie eine Katze los, in der Faust einen der losen Pflastersteine, die vor dem Bänkchen verstreut sind. Er schlägt gegen die Ladentür, presst die Kehllaute der Heimat aus sich heraus, schreit. Hermann kommt zur Tür, zeigt Jamal das Wolfsgebiss, verriegelt das Schloss und verschwindet in der Backstube. Jamal schaut durch das Fenster. Durch die Ritzen riecht er den Goldbrötchenduft, vor seinen Augen liegt bereit, was er begehrt. Drei Brötchen will er, mehr nicht. Der metallene Knauf gibt nicht nach, das Glas zittert, als er an der Tür rüttelt. Also schlägt er mit dem Pflasterstein gegen die Fläche. Ein Splitterteppich entsteht, zerbrochene Glasstückchen, die aneinander kleben bleiben, den Blick nach innen verwehren. Jamal schlägt weiter und weiter, ohne Ergebnis, rennt zum Bänkchen zurück, um sich mit mehr Steinen zu bewaffnen, bombardiert den Laden. Weitere Bruchflächen entstehen. Er sammelt die Geschosse ein, wirft erneut. In den umliegenden Häusern werden Lichter angeknipst, Gesichter zeigen sich an den Fenstern. Jamal läuft auf und ab, kann nicht stehen bleiben, wie ein Vulkan, auf dem sich eine Erdspalte öffnet, damit das Magma entweichen kann. Er hebt die Arme zum Himmel, fühlt sich befreit, stark, als hätte er lange auf diesen Moment gewartet.

Emma erreicht den Dorfplatz, ihre Blicke irren über die Szenerie. Der Morgen trägt ein Nebelkleid. Das Blaulicht auf Pauls Wagen vor der Bäckerei blinkt. Rufe schallen zu ihr. Fliedergeruch und Abwasserfäulnis dringen in ihre Nase. Vor einer verwüsteten Ladenfront stehen sich zwei Männer gegenüber, einer in Uniform, Paul, großgewachsen, dichter Vollbart, breite Schultern, der andere ein Olivenhautkerl in Neon-Turnschuhen, wild gestikulierend, einen Stein in der Hand. Emma bemerkt Anwohner, die an Hauseingängen stehen oder hinter Fenstern versteckt das Geschehen beobachten. Sie beschleunigt ihre Schritte, nähert sich. Als sie die beiden erreicht, hebt

Paul den Arm, um den Kerl zu überwältigen, dreht sich ruckartig, dennoch nicht schnell genug. Eine steinbewehrte Faust trifft Pauls Gesicht, der auf die Knie sinkt. Emma handelt, wie sie es gelernt hat, Gedanken entleert, automatisch, löst die Pistole aus dem Halfter und sagt: »Den Stein fallen lassen, die Hände hinter den Kopf!«

Der Feueraugenmann rührt sich nicht. Paul stöhnt, krümmt sich und hält sich den Kopf. »Haben Sie mich verstanden? Legen Sie sofort den Stein auf den Boden und verschränken die Hände über dem Kopf!«

Jamal nickt, lächelt wirr, als registriere er erst jetzt, dass sie eine Frau ist, streicht über das Handgelenk, macht eine Bewegung hin zu dem blutenden Paul, der sich aufrichtet, ein Bein des Mannes mit einer Hand umfasst und mit der anderen die Pistole zieht. Der Mann reagiert schnell, stößt sein Knie gegen Pauls Hand. Die Pistole fällt zu Boden. Unterdessen hat Emma die Waffe gezogen, hält sie mit beiden Händen fest, steht mit gespreizten Beinen vor dem Fremden und richtet sie auf ihn.

»Keine Bewegung mehr oder ich muss von der Schusswaffe Gebrauch machen!«

Keine Reaktion. Der Mann greift nach Pauls Pistole. Der Warnschuss peitscht über den Platz.

»Nehmen Sie die Hände hoch, das ist meine letzte Warnung!«

Jamal reagiert nicht. Emma richtet die Waffe auf ihn, umklammert sie fester, weiß, dass sie handeln muss. Das Drehbuch sieht nichts anderes vor. Dennoch zögert sie, Sekunden verstreichen. Paul nimmt ihr die Entscheidung ab, indem er sich auf Jamal stürzen will, der aber sofort reagiert, die Waffe auf Paul richtet, den Finger am Abzug.

Ein Schuss löst sich. Jamals Kugel schlägt in der Bäckerei ein. Der nächste Schuss trifft Jamal aus der Nähe, durchschlägt seine Brust, Blut quillt aus der Wunde. Er lässt die Pistole los und stürzt zu Boden. Wie ein Feuerball, der vom Himmel fällt. Emma kennt das weitere Drehbuch nicht, spürt Jamals Blick auf sich lasten, kann nicht ausweichen, wartet, wartet, bis er bricht. Die Sehnsucht, die Verwunderung, die sich in den Augen Jamals spiegeln, wird sie ihren Schreckenserinnerungen, den Alpträumen beifügen. Sie senkt den Lauf der Waffe, spürt die Hitze, die von ihr ausgeht, zittert, schafft es gerade noch, sie wegzustecken, bevor sie sich an ihr verbrennt. Blut- und Stahlgeruch steigen empor. Darüber hat sich Brötchenduft festgesetzt.

Stefan Sprang

EQUINOX

Als hätte es das Ende nie gegeben, der allererste Ton, aus dem Nichts schöpfst du ihn, klar und, rein, als hättest du nie aufgegeben, ein Klang, so.inständig, dass es keinen Zweifel gibt. Das bist du. Du bist wieder da.

Hier ausgekommen wie so oft, so ungezählt oft in all den Jahren im Gewühl der Halle, im Getümmel davor. Der Bahnhof. Nach rechts muss er nach Norden zur Stadtmitte hin.

Entweder-Oder, immer musst du entscheiden. Hebst oder senkst du deine Stimme, kürzt oder dehnst du die Töne. Aber du musst auch auslassen, denk daran, stumm zu bleiben, wenn es darauf ankommt. Noten, die du nicht spielst, das können die stärksten sein.

All die Wege, die er mit den Jahren eingeschlagen hatte von hier aus. Manche Richtung hatte sich mit der Zeit überlebt. Manche Pfade hatte er dafür Mal um Mal ausgetreten unausweichlich bis ins Bodenlose.

Seit dem Nachmittag ist es Stunde um Stunde kälter geworden. Acht Grad maximal am Abend, das war die Vorhersage. Aber es fühlt sich noch einmal viel kälter an, denn der Wind hat jetzt freie Bahn. Die Geschäfte sind bereits geschlossen. Wer nicht bleiben muss, wer hier kein Ziel hat wie er, hat sich rasch davon gemacht, ist geflohen vor diesem Wind und aus diesem ersten Herbstabend. Eine Böe fährt in die Pfütze im Rinnstein an der Ampel, kräuselt das Wasser, drückt dann den Koffer, den er bei sicht hat, gegen sein Bein, jagt barsch und blindlings weiter. Vielleicht vierhundert Meter sind es noch.

So könntest du beginnen. Dreifach die Phrase, eine einfache lautere Ansprache, intensiv, beschwörend, aber keine Wichtigtuerei, eine Bitte um Aufmerksamkeit, ein Blues in Moll. Dein Thema. Das könnte der Wind sein, der macht, was er will.

In den letzten Monaten in Oslo hatte er den Wind noch einmal mehr lieben gelernt. Der am Hafen das Stahlseil eines Fahnenmastes aufspüren konnte, das nicht fest genug verzurrt war. Das darum also in einem vertrackten Rhythmus auf das Rohr geschlagen hatte. Das Seil wollte, was so viele wollten: sich befreien. Aber das ging nicht. Und nur deshalb konnte es diesen trotzigen Sound erzeugen, aus dem ein Gedanke geworden war, der ihn hier und heute zurückgebracht hatte.

Mit einer Hand zieht er den Kragen seiner abgerissenen Lederjacke enger, hält sich daran fest. Als könne er sonst einfach heraus sacken, klapperdürr, wie er geworden ist, so empfindlich für die Kälte.

Wenigstens haben sich die Schauer davongemacht. Noch als der Zug eingefahren war, das Stakkato der Tropfen. Am Fenster auf dem Dach, in seinen Gedanken. Dann hatte das Quietschen der Bremsen eingesetzt, war höher und höher geraten zu einem lang gezogenen Kreischen. Aber dieses Mal hatte es nicht die Verbindung gekappt zwischen ihm und dem, was als sein Leben gelten musste. Woran er sich klammert wie an seinen Jackenkragen. Vergessen kann er nicht, wie er plötzlich der trudelnde Astronaut in einem schwarz geronnenen Weltraum geworden war. Kein Kontakt mehr zu seinem Schiff. Von einer Sekunde auf die andere hatte er nicht mehr zu diesem Organismus um ihn herum gehört, dieser Gewohnheit, die Tag für Tag hin und her waberte.

Ausgerechnet du hast allen und allem im Weg gestanden, bist ins Straucheln geraten so dermaßen aus dem Takt an diesem Morgen.

Dieser Morgen, an dem er am Bahnhof angekommen war, dieses Quietschen und Kreischen noch im Ohr, als er an dem alten Hotel rechts vorbei die Treppen hinunterläuft, dann immer geradeaus, um auf der Linie zu bleiben für den Montagsablauf. Musik mit der sechsten Klasse … Im Lehrerzimmer die Tasse in der Kaffeeküche abstellen, die Tasche nehmen mit den Büchern … Den Kollegen eine erfolgreiche Stunde wünschen … Einen Witz machen … Oder über einen lachen … Durch die Tür des Lehrerzimmers, den Gang nach links hinunter … Glastür aufdrücken … Das Treppenhaus des Aula-Traktes … Wieder links … Zweite Glastür aufdrücken … Das Klack-Klack-Klack der Schritte beginnt zu hallen, tönt von den Bodenkacheln herauf … Niedrig ist die Decke … Links, die Spiegel … Niemals auf sich selber blicken … Rechts die Tresen der Garderobe … Darauf die Kinder, die warten, die lassen die Beine baumeln, die schlagen sie gedankenlos gegen das Holz … Bumm. Bumm. Bumm. Das dröhnt, das lärmt alles entzwei, woran man noch glauben will …

Dein Ton, eine Resonanz, als sei man kurz davor, verloren zu gehen, eine Flucht, eine arktische Zone, Frostnacht, dann Licht, ein warmer Raum, der Schauer, der einem über die Haut geht, wenn man ihn betritt. Ein Ton, in dem man seine Zelte aufschlagen, ein Klang, in dem man sich niederlassen kann wie in Abrahams Schoß. Was du spielst, das spiele schlicht und geduldig. Nichts übereilen, überheb dich nicht, nicht heute. Klar, gibt keine falschen Noten, niemals gibt es die. Kommt alles auf den Zusammenhang an, das

Wie-Weiter, die Wahl, den Weg. Mach ihnen unmissverständlich klar, dass es immer eine Abzweigung mehr gibt, eine, die man vielleicht noch nicht sieht im Dunst. Nichts muss in Stein gemeißelt sein, alles kann ganz anders sein. Als man denkt. Als man fürchtet.

Auf der anderen Seite beginnt die Fußgängerzone. Er erinnert sich noch, dass hier einmal eine Straße entlanggeführt hat. Zwei Spuren in jede Richtung. Jetzt breitet sich dieser Platz aus ohne Bäume und Bänke, so schal und witzlos, dass man schnell darüber hinweg muss. Aber er kommt nicht von der Stelle, steht immer noch neben dem neuen gläsernen Aufzug zur U-Bahn.

Einfach einen Fuß vor den anderen setzen, weiter Schritt für Schritt, um nichts anderes geht es. Setz alles auf eine Karte. Dein Solo. Eröffne mit hohen Noten, mach dich frei von der Angst, erheb die Stimme und marschier los, kleine Schritte noch, auch ein Stakkato, aber nicht schroff wie der Regen, stoßweiser Atem, mach dir Luft, spiel sorglos und mit ganzer Seele, verbinde die Töne rasch und geschmeidig, halt sie aus, wie du es gerade brauchst, mach aus Akkorden flirrende Linien, das konntest du doch. Deine Melodien, hat dir einer gesagt, die gehen durch den Raum wie Wellen, die sich brechen am Ufer, aber dahinter hast du schon eine neue Welle geschaffen, eine höhere, schönere, stärkere ...

Für einen Moment muss er den Koffer abstellen. Das Ding darin scheint schwerer und schwerer werden zu wollen mit jedem Meter.

Irgendwann vor ein paar Jahren hatte ihm James es erklärt. Sie hatten zusammen gespielt bei einer Session in Berlin. Er hatte sie »erbarmungslos« genannt, diese Liaison zwischen Musiker und Instrument. Das immer hemmungsloser, immer herrischer und hitziger fordert, mit Atem, Seele, mit totalem Leben gefüllt zu werden: »My friend, You'll see … You don't know, what love is …«

James aus New York hatte gelacht, als wolle er niemals damit aufhören.

Das Saxophon, das er sich nie hätte wünschen sollen. Für das er alles getan hatte mit vierzehn. Immer noch dasselbe Horn, das er am Tag seiner Konfirmation zum ersten Mal in der Hand gehalten hatte. Mit dem er gelernt, mit dem er sich zu seiner ersten Session gewagt hatte im »Südpol«. Das er dort, so war es sein Entschluss gewesen, für immer aus der Hand gelegt hatte.

Leg das angefeuchtete Blatt aufs Mundstück, auf dass es exakt mit der Spitze abschließt, fixiere es mit dem Daumen, die Blattschraube anziehen, dann mit ganz leichter Drehung das Mundstück auf den Kork am S-Bogen schieben, am Schalltrichter den Korpus aus dem Koffer aufsetzen, wieder mit einer leichten Drehung, dann musst du nur noch den Tragegurt festschnallen.

Das Saxophon, das Alex vergrault, gegen das er sich entschieden hatte, um für Sonja zu sein und ihr Leben, und das ihn Lilli nie so nahe gebracht hatte, wie es sein Traum gewesen war.

Alex war es, die jetzt plötzlich da vorne stand, so strahlend, so wie damals in dieser besonderen Phase der Dämmerung. Ohne Wolken, ohne all die Lichter der Stadt könnte man vielleicht erste Sterne sehen. Sie winkt ihn heran. Er kann sie riechen. Lavendel und Zigaretten. »Hey, was ist das denn für ein irres Ding«, hatte sie gerufen und nach oben gezeigt. In jenem vergangenen Jahrtausend, da hatten die Sterne geleuchtet auf dem Bauch eines Zeppelins. Als er mit Alex vor dem Cafe gestanden hatte, da war dieses Brummen über sie gekommen. Die Propeller eines Luftschiffs, das tief über der Stadt fuhr. Auf einem Schirm am Rumpf schrieben Glühbirnchen die Werbebotschaft einer Brauerei an den Himmel, zeichneten drei Strichmännchen mit Schwertern und großen Hüten. Die drei Musketiere. Und während das Motorengeräusch des Zeppelins verweht war, war er eingetaucht in die blaue Stunde, in der das Sonnenlicht nicht heller und nicht dunkler war als das der Straßenlaternen. Er war sich sicher gewesen: Alex, die Piratin mit der Stimme wie ein Wassertropfen, der rund und siedend auf einer heißen Herdplatte tanzt, die würde er wiedersehen. Und nicht nur einmal.

Nun steht sie da vorne, wo früher die Wassersäulen aufragten. Schon vor Jahren ist Alex gestorben. Er kann sie trotzdem sehen, kann überhaupt alles gleichzeitig sehen. Das Kaufhaus mit der Sandsteinfassade, das man in Schutt und Asche gelegt hat. Er kann es erkennen hinter dem öden Kachel-Vorhang des Nachfolgers. Ein Panorama wie ein Palimpsest, ein Fotoabzug, auf dem überall Geister ihre Umrisse zur Schau tragen.

Dein Spiel. Ein Wunderblock. Immer wieder neu beschreibst du die wächserne Platte, löscht die Zeichen wieder. Die Spuren bleiben. Die raunen in jedem Akkord, die flüstern, zischeln, mischen sich ein, befeuern jeden Lauf. Alles erklingt gleichzeitig. Grenzenlose Erinnerung. Alles Leben, seit dem Moment, an dem du aus diesem verdammten Blechding den ersten Ton herausbekommen hast. Was hat James gemeint? Junge, du bist der Typ, der all das in eine Ordnung bringt, du bist der Kerl, der den Klang aus der Leere heraus zähmt. Alles, was du wach rufst, ist beängstigend, denn alles, für das es keine Worte gibt, macht Angst. Oder grundlos glücklich.

Der Hauptton hatte sich plötzlich hinunter ins Bodenlose geschraubt, hatte sich gedehnt in dem Hof und weit darüber hinaus mit einer fließenden Strahlkraft, die nichts aufhalten konnte. Und doch war dieser Ton so sanft, war ein magisches Flüstern geworden, das sich verloren hatte in der Spätsommerluft. Aber nach einer endlos kurzen Pause hatte sich diese seltsame Stimme wieder erhoben mit einem glashellen Ausruf. In diesem Moment war er zusammengezuckt. Durch all seine Nerven war ein wohliger Schauer gelaufen von seinem Kopf bis in die Zehen hinab. Damals, als er zum ersten Mal diese Musik gehört hatte.

Erinnere dich an dieses Gefühl, weck es auf, lass es lebendig werden, füttere jeden Winkel damit, das ist der Sinn der Sache, sei wieder dieser Junge, der noch nicht viel weiß, der nur ahnt. Heute Abend gibst du ihm seine Stimme wieder, Glück und Angst, Groll und Sicherheit, dieses schöne universelle Seufzen und Summen, mach den Fehler ungeschehen, den du gemacht hast, als du nicht mehr spielen wolltest.

Noch immer zieht er das linke Bein nach. Das hatten die Ärzte ihm nicht austreiben können. Vor bald zwei Jahren an jenem Silvesterabend in Oslo, als er Lilli nachgereist war, dieses Klümpchen in seinen Adern, das Blutplättchen um Blutplättchen angewachsen war mit den Jahren zu einem Pfropf, das sich losgerissen hatte, um unaufhaltsam mitgeschwemmt zu werden, höher und höher steigend durch immer enger werdende Blutbahnen. Bis es nicht mehr weitergekommen war, gespült in ein Gefäß im Gehirn, wo es festsaß. Das Klümpchen war schuld, dass er so lahm unterwegs war.

Er hebt die freie Hand vor sein Gesicht und schaut durch die Finger. Das Zittern ist wieder da. Das habe nichts mit dem Schlag zu tun, der ihn getroffen hat, Ursache insofern unbekannt, hatte der Doktor gesagt. Und das Trinken hat er doch längst aufgegeben, das er angefangen hatte an jenem Montagmorgen. Vielleicht hat er sich zu sehr angestrengt. Denn manchmal zittern seine Muskeln genau dann.

Was doch ein verrückter Treppenwitz ist. Wo du so sparsam umgegangen bist mit dem Vibrato, dass liegt dir einfach nicht, also fang nicht damit an auf deine alten Tage.

Aber Alex lotst ihn weiter durch diese Sphäre, diesen Spalt zwischen Geschichte und Gegenwart. Alex flüstert ihm etwas, das eine Vergebung sein muss und ein Auftrag. Also reißt er sich zusammen, hinkt weiter, nimmt Anlauf, ein kleiner Sprint an Geschäften vorbei, die ihm nichts mehr sagen, die nichts zu bieten haben, was er vermisst.

Alles, was gerade passiert, das ist ein Nachspiel und zugleich ein Auftakt, so hat Alex das gesagt.

Rechts kommt jetzt das Haus mit dem Glockenspiel im Erker. Blau-bunt ist das Glasmosaik auf der Fassade. Darin die Öffnungen, aus denen Figuren der Stadtgeschichte aufgetaucht waren. Ganz oben der Bergmann in seiner Kluft aus Grünspan. Der, der die Stunden mit seinem mächtigen Schlegel hämmerte. Dann kam ein Volkslied: »Horch, was kommt von draußen rein.« Er hatte die Melodie aus dem Kindergarten gekannt, hätte mitsingen können, wenngleich er noch keine Ahnung hatte, was ein »Feinsliebchen« ist und was es anrichten kann.

Mit Benni und Pia hatte er hier immer pünktlich Halt gemacht,

Sohn an der linken, Tochter an der rechten Hand. Wie angewurzelt hatten sie da gestanden, die kleinen Köpfe im Nacken, die Augen aufgerissen, die Ohren gespitzt, hatten sich nichts entgehen lassen.

Wenn du das hier geschafft hast, musst du mit ihnen reden, musst ihnen erklären, so viel erklären, musst ihnen dein Leben erklären und warum es ein Fehler war, auch ihretwegen nicht mehr spielen zu wollen.

Hundert Meter noch, das alte Kino, wo sich neuerdings die jungen Musiker treffen. Oben in der kleinen Bar ist donnerstags die Session, ein Raum, nicht größer als ein gutes Wohnzimmer.

Die, die hier spielen, auch die könnten seine Söhne und Töchter sein, die können nichts mehr anfangen mit seinem Namen, haben keine Ahnung, wozu er in der Lage war. Und wozu nicht. Aber das ist nicht wichtig. Es geht um diese Gewissheit, dass man jederzeit gemeinsam aufbrechen kann. Das Vertrauen darauf, dass sie wieder zueinander finden am Ende der Takte. Und alles gut ausgeht.

Piano und Schlagzeug, ein Latin-Rhythmus, dramatisch, unergründlich, der sich wandelt, das langsamere Tempo des Themas annimmt und alles vorbereitet, die Piano-Akkorde, die schon jene Atmosphäre entfalten, der du dich voll und ganz hingeben wirst, denn jetzt bist du am Zuge, eine ganz zarte zerbrechliche Fanfare, eine Möglichkeit, um anzufangen, wenn du es schaffst, schaffen kannst, wenn du dich nicht selbst im Stich lassen musst, du näherst dich an, wiederholst und veränderst, hältst dich zurück, aber dann ist deine Zeit, schneller und schneller fügst du die Noten aneinander, nimmst dir kurzerhand die höheren Töne, flechtest alles zu einem endlosen Seil, wie du es damals geschafft hast, wirfst es noch einmal aus ge-

gen die Schwerkraft und in die Zukunft, auf dass es dich hält und hält und hält, dass es auch all die in diesem Raum noch hält, die dir und deiner Geschichte folgen wollen, während die Trommelwirbel und Beckenschläge ein Mysterium beschwören, etwas, das schon da war, bevor dieses Kino stand, bevor es dich gab und all die, die vor dir waren, als noch niemand denken konnte an diese Straßen und Plätze, als es nur das schlichte Land gab, den Himmel, den Regen, die Sonne und den Wind, und diesen archaischen Grundsatz allen Seins, dieses Etwas, diese wunderschöne Unruhe, aus der Piano und Bass ganz achtsam und hellhörig das Fundament machen, auf dem es dir kinderleicht fällt, die richtige Entscheidung zu treffen, so ganz anders als im Leben, aus dem ihr euch waghalsig ausgeklinkt habt, Fahnenflüchtige, setzt ihr spielerisch alle bekannten Richtmaße außer Kraft, lasst nur eure Zeit gelten, dieser Hunger nach Ausdehnung der Zeit, der euch treibt, du steigst ein mit wenig Luft, sammelst dich, wirst energischer, lauter, steigst auf, eine ungezügelte Tirade, eine jähe Empörung, Achtelnote um Achtelnote ein Aufbegehren und wieder der Wille sich zurückzunehmen, lässt dich fallen, ein Seufzer, ein Schwur, erzählst deine Geschichte von Triumph und Taumel, die nicht neu ist, die so viele kennen, die aber immer wieder neu gehört werden muss, und alles, was dieser Moment dir in die Hand gegeben hat, das gibst du am Ende weiter mit einem Flüstern.

Noch vierzig Meter. Im Schaufenster des Herrenausstatters kann er sich sehen, als hätte ein Kind ein Strichmännchen auf die Scheibe gezeichnet, mit zittrigen Linien. Er schaut wieder auf seine Hand und verliert den Mut.

Bist eben doch kein Musketier, bist ein Gespenst, kehr um.

Aber plötzlich kommt da dieser Geruch von Kohle und Holz. Der Wind schiebt ihn herüber von wo auch immer. Vielleicht von dem Delikatessenladen mit Straßengrill auf der anderen Seite. Dieser Geruch, der ist eine Erinnerung an etwas, was er lange vermisst hat. Mit den ersten kühlen Herbsttagen war er aus den Kaminen der Siedlung geströmt und hatte Wärme und Geborgenheit versprochen.

Er schaut nach oben, aber wie dunkel der Himmel mittlerweile ist, das kann er nicht erkennen durch das Licht der Straßenlaternen. Als er wieder nach vorne blickt, steht da dieser Mann. Der sieht aus wie Konrad, sein erster Bassist, dieses Stück Haut, das über eine Handvoll Fischgräten gestreift war. Und obwohl Konrad schon so lange tot ist, spricht die Gestalt auch noch mit seiner Stimme. Ob er eine Zigarette habe? Er nickt und beginnt in den Taschen seiner Jacke zu kramen, aber Konrad hat sich abgewandt, ist weiter gegangen und im Eingang des Kinos verschwunden.

Dann ist auch Fred Kemper angekommen. Im Foyer hört er die letzten Takte eines Stückes, das er nicht kennt. Das muss noch die Band sein, die den Abend eröffnet hat. »Elements of Tomorrow« hatte in der Ankündigung gestanden. Fred hört den Applaus. Die Treppen links oder rechts hinauf.

Entscheide dich.

Elisabeth Wilhelm

das kind im brunnen

meine sicht ändert sich, sagt es, je nach tageszeit, jahreszeit und kopfhaltung. das mauerwerk hat einen warmen braunton, der ins graue oder schwarze wechseln kann. das wasser schimmert grünlich. manchmal, wenn ich nicht halsstarrig oder hartnäckig bin – meist ist das in den frühen morgenstunden der fall, wenn ich ausgeschlafen bin und den übergang von schwarz nach braun beobachtet habe -, lege ich den kopf zurück. meine haare berühren die ziegelsteine, und ich blicke in ein rundes blau. es kann alle schattierungen von lichtblau über türkis, kobalt und indigo annehmen, auch gelbe und rötliche verfärbungen treten auf.

mein blick geradeaus ist detailliert und genau, die aufwärtsschau eher unscharf. ich bin keine weiten abstände gewohnt, der aufbruch in die fremde liegt mir fern. es ist der kreis, der dennoch fokussiert, eine wolke unter meine lupe schiebt.

ich weiß, dass blau und braun komplementärfarben sind. eines tages werde ich meine farbenlehre aufzeichnen.

---

direkt vor mir ist über nacht ein dünner grüner streifen entstanden. ich wage es nicht, darüber zu streichen - ich könnte ihn zerstören.

wie sich die ziegel anfühlen, weiß ich: kantig, manchmal scharf in den fugen. ihre oberfläche ist unregelmäßig und rau. es gibt bereiche, in denen ich formen ertaste, tiere, gesichter, so klein, dass ich weder die genaue art noch eine mimik erkennen kann. es sind vierbeiner darunter und große nasen. sie verändern niemals ihre form, nur den grad ihrer feuchtigkeit. ich kann ihre bewegung und ihren gefühlsausdruck aus schweißausbrüchen lesen. trocken heißt ruhig und ausgeglichen, feucht leicht erregt, nass wild bewegt. ihre abenteuer korrespondieren mit dem unruhigen ausblick nach oben. das blau verschwimmt zum grau und lässt den übergang zu den ziegeln kaum noch erkennen. das wasser unter mir mischt sich mit wasser von oben.

manchmal mache ich mit: ich bewege muskeln, die lange geruht haben, und lasse den wasserspiegel durch tränen weiter ansteigen.

ich bin klug und beobachte genau.

»begrenzung schafft die größe« heißt es und mir geht es um größe. ich bin ein kind, ich bin klein und wachse nicht. die ziegel sind leider keine begrenzung.

aber der grüne streifen ist gewachsen, in die breite und auch etwas in die dritte dimension. er ist aber noch nicht so dick, dass ich es riskieren könnte, ihn zu berühren. er liegt innerhalb einer fuge, deren rand einen schatten wirft. deshalb sehe ich nur zwei zentimeter breit etwas dunkelgrünes ohne struktur. ob seine oberfläche haare hat oder stacheln, weiß ich nicht. die fuge ist meine begrenzung des erkennens, aber auch ein maßstab für die dicke des grüns. bis diese rille zwischen zwei ziegeln ganz ausgefüllt ist, sehe ich den schatten.

meine begrenzung vergrößert mich: ich wachse in gedanken - moos, alge, flechte, pflanze - und überblicke ein botanisches lexikon.

---

keine farbenlehre entspricht meinen erkenntnissen.

es gibt farben, die nur unten vorkommen, andere sind oben verortet. grün oben ist ein gerücht.

---

die vegetation wird unterschätzt. warum gibt man der flora eine negative konnotation, wenn man sagt, sie vegetiere? ich vegetiere gern, zusammen mit dem grünen streifen, der mir bestätigt, dass es wachstum gibt.

überlieferung: ein eimer an der kette, angekettet, herablassung, aufgezogen. übertragung eines flüssigen mediums ins trockene, verbindung von rand und grund, wie oben so unten. das weiß ich vom hörensagen. es soll vorgekommen sein. hervor. vorher.

auch geräusche sind davon vermeldet: klirren, poltern, platschen, seufzen, ächzen. von mir ungehört. für mich unerhört.

mein ohr an der wand knirscht und rauscht, das freie ohr lässt tropfenhall über luft, festes, flüssiges meinen hörnerv reizen.

ich kenne aus eigener erfahrung noch ein paar klänge, die meisten kommen von mir selbst. ich höre mir beim sprechen zu, und manchmal kommen unwillkürliche laute aus mir. das wetter schickt windsäuseln, sturmbrausen, hageltrommeln, regenklopfen und donnerdröhnen. Das war es schon. Die überlieferung würde keiner wissenschaftlichen untersuchung standhalten. was soll das sein, klirren?

---

heute morgen habe ich mich nach den ziegeln ganz weit oben gestreckt. ich weiß nicht, ob ich höher gegriffen habe als sonst, ob ich gewachsen bin. wenn der rand nicht so weit weg wäre, könnte ich die oberen steine im einzelnen sehen. ich könnte die reihen bis zu mir herunter zählen. sieben reihen über mir, von meiner schädeldecke aus gezählt, kann ich gut unterscheiden, dann verschwimmen steine und fugen zu einer fläche und alles verkleinert sich. ich könnte den blauen kreis mit der bodenfläche vergleichen und die weiteren reihen schätzen, aber der brunnengrund ist durch das grünliche wasser nicht gut zu erkennen. ich weiß auch nicht, ob der kreis oben dem unteren entspricht.

wenn ich wachsen sollte, werde ich irgendwann den rand erreichen. dann weiß ich die anzahl der ziegelreihen über mir.

auf meiner höhe besteht jede reihe aus ungefähr vierzig steinen. manchmal wurden bruchstücke vermauert, deshalb ist die anzahl nicht genau gleich. es gibt dann mehr fugen. eine fuge ist zwei zentimeter breit, aber zwischen den bruchstücken variiert die breite. die reihe muss ja mit der darunter abschließen. einige ziegelsteine stehen einen halben zentimeter vor. ich weiß nicht, ob sie dicker sind oder ob sie ungenau aufeinander gesetzt wurden. die fugen ermöglichen jedenfalls die rundung der wände. das vermute ich, denn sonst müssten die steine gebogen sein. vielleicht sind sie das, wie soll ich das wissen, es ist ja nicht möglich, einen zu entnehmen. ich frage mich, ob ich an den vorstehenden steinen eine biegung erkennen müsste, wenn es sie gibt.

wie viele rätsel die welt noch immer enthält!

wenn ich den stein über meiner schädeldecke markieren könnte, wäre es möglich herauszufinden, ob ich wachse.

ich zähle die steine über dem grünen streifen: neun reihen kann ich klar erkennen.

wer sagt mir, wenn ich morgen zehn zähle, dass es nicht an meinen augen liegt?

---

es würde mir nicht gefallen, wenn die überlieferung recht hätte: ich wäre – vorher – in den brunnen gefallen. gefallen gefallen. welches vorher? das ist die dummheit der überlieferung, dass sie eine vergangenheit annimmt.

die zeit ist ein ewiger kreis. nur der raum kennt wachstum.

unter mir rund, über mir rund – der kreislauf der jahreszeiten, mein blutkreislauf.

rund ist die form der vollkommenheit.

---

in den überlieferten farbenlehren werden die jahreszeiten nicht berücksichtigt. im winter wird der grünliche kreis unter mir weiß. das braun der steine und die grauen fugen, der kreis über mir – alles weiß. wer alles weiß, braucht nicht zu fragen.

wenn ich gewachsen wäre, wüsste ich es nicht, in all dem weiß. meine hände könnten den rand berühren, aber der übergang zum rund wäre unsichtbar. rand gleich rund – eine winterliche rechnung. vielleicht wäre ich gar nicht gewachsen, sondern eine dicker werdende schicht von schnee würde mich anheben, nachdem sie sich auf der eisfläche abgelagert hätte und festgestampft worden wäre, schicht um schicht im schacht. der winter würde mich an den rand bringen, nachdem ich zum grund getrampelt wäre.

---

es ist ja nicht so, dass ein ende absehbar wäre.

nach oben sind wolken nur eine vorübergehende grenze. vorüberziehende.

nach unten geht immer noch mehr.

wenn ich die wasseroberfläche mit einer fußspitze berühre, spüre ich das mehr an nässe und kühle. das stille grün kräuselt sich zu einem mehr an bewegung. wenn ich mich vorbeuge, verdeckt der schatten meines körpers die algige dämmerung. was unter dem wasserspiegel liegt, weiß ich nicht. eine große trockenheit könnte das aufklären. ein dauerblau oben würde vielleicht die rätsel unten lösen.

---

wie erzeugt man tränen in zeiten der trockenheit?

---

wenn ich mit dem fingernagel durch die fuge vor mir kratzte, würde der grüne streifen, bei genügender ausdauer, rückstandslos entfernt werden. ich würde ihm nachweinen. beim gedanken daran kommt es mir vor, als könnte ich vorweinen und vorspüren, wie es sich beim kratzen anfühlen würde: schlammig, schmierig, wie schleim und alge.

das grün unter meinem fingernagel würde trocknen. ich würde daran schnuppern und staub würde nach unten rieseln, so fein, dass ich die bewegung des wasserspiegels nicht erkennen könnte.

---

ein blatt ist in den brunnen gefallen.

gefallen!

naja, es war nach dem aufwachen da.

allem anschein nach ist es braun. oder schwarz. die lichtverhältnisse hier lassen keine genaue einschätzung zu. das muss ich in meiner farbenlehre berücksichtigen: schwarz-braun-indifferenz.

es stört die gleichmäßigkeit der ebene, wechselt den ort: mal schwimmt es direkt neben mir, mal vor der gegenüberliegenden wand.

wie bewegt es sich?

es bringt unruhe, obwohl meines wissens keine eigeninitiative von ihm ausgeht. es lässt sich treiben.

meine eigene passivität ist stiller. ich bleibe am platz.

was sollte ich auch weiter oben oder unten?

der schnee war nur so ein gedanke.

---

die unberechenbarkeit des blattes stört mich. ich muss wie unter zwang immer wieder hinsehen. bisher konnte ich kein system in seinen bewegungen entdecken. mal steuert (steuert?) es auf einen ziegel ungefähr sechs reihen unterhalb des grünen streifens zu, mal verschwindet es unter mir, mal bleibt es lange unbewegt in der mitte. ich bin mir nicht sicher, ob sich seine form verändert. es ist zu düster, um das eindeutig zu erkennen: fault es an den rändern oder biegt sich etwas nach oben?

---

ich hätte gerne seinen anfang miterlebt, aber es war nach dem aufwachen einfach da. das ist ärgerlich, denn ich könnte vielleicht dem gerücht des fallens etwas entgegensetzen. oder ist dieser zustand gerade der beweis, dass es keinen anfang gibt?

---

das blatt bewegt sich nur noch, wenn ich es mit der fußspitze ansto-ße. es ist kleiner geworden. meine ich.

mit meiner fußspitze ertaste ich auf dem rückweg vom blatt die ziegel unter mir, ihre kleinen vorsprünge. ich meine, der geruch hat sich geändert, seit das blatt schrumpft. ich weiß nicht, ob mir das gefällt.

manche der ziegelvorsprünge sind glitschig, manche trocken. ein zeh könnte darauf ruhen.

---

früher, so sagt das gerücht, hat man aus brunnen geschöpft. wasser geschöpft. dieser hier hat nicht genug wasser zum schöpfen. glaube ich. er hat wohl keine eigene quelle, ist eine zisterne, die nur sammelt, was von außen kommt. oder die quelle ist ausgeschöpft. erschöpft. ich weiß es nicht, gerüchte machen mich ratlos.

in regenzeiten könnte mir das wasser bis zum hals steigen. oder anders herum: ich wäre bis zum hals im wasser.

jetzt regnet es nicht. immer mehr ziegelvorsprünge fühlen sich trocken an. ein zeh könnte sich darauf stützen, ohne abzurutschen.

die ziegel sind hart. nichts bröckelt, auch nicht in den fugen.

ich könnte mich mit den zehen auf ziegelvorsprünge stützen wie auf treppenstufen.

sagt es.

Sylvia Wimmer

Ein Morgen voller Licht

Ich habe einen kleinen Laden mit Spezialitäten. Datteln, Kardamom, Auberginencreme, Granatäpfel und frische Petersilie. Für mich sind es Spezialitäten. Andere würden vielleicht sagen – pah – was willst du uns damit sagen, Schwester. Willst du behaupten, wir bereiten unseren Taboule-Salat nicht mit frischer Petersilie zu? Jeden Tag machen wir das und das schon seit Generationen. Willst du uns beleidigen? Und die Leute, die bei mir einkaufen, denken vielleicht: »Wieso Spezialitäten? Bekomme ich doch in jedem Supermarkt.«

Aber wenn ich den grünen Kardamom mahle und in kleine Säckchen abfülle, bin ich auf der Geraden Straße in Damaskus, die in den Souk Al-Hamidiye mit seinen unbeschreiblichen Gerüchen führt. Und wenn ich meine Granatäpfel aufeinanderstaple, rieche ich den Duft des Jasmin, der an der Häuserfassade unseres Hauses hochrankte. Ich höre das Plätschern der Springbrunnen aus unserem Innenhof, sehe lachende Kinder und die fahrradbepackten Händler, immer mit einem flotten Spruch auf den Lippen. »Brauchst du Buntstifte, um deinen Wangen rote Farbe zu verleihen?« Ich höre den Muezzin zum Gebet rufen. Ich bin Christin, aber ich mag die vertrauten Stimmen aus dem Lautsprecher ...

»Hallo Jeanette! Wo immer du dich versteckst, es wird dir nicht helfen. Auch wenn du noch so hübsch bist, die Rechnung musst du bezahlen. Ich habe dir Bananen mitgebracht, wenn auch nicht die syrischen, goldgelben aus Lattakia. Keine gute Ernte dieses Jahr. Aber

Ecuador ist auch nicht schlecht. Willst du sie dir nicht ansehen?«

Es ist Nabil, mein Gemüsehändler und Landsmann, der meine Gedanken unterbricht. Er liefert pünktlich zweimal die Woche. Das ist nicht selbstverständlich. Dass er liefert schon. Aber die Pünktlichkeit. Man sagt uns Arabern nach, dass wir es mit der Genauigkeit der Zeitangaben nicht so ernst nehmen. Das stimmt. Aber wir leben jetzt in Deutschland und haben dazugelernt.

Nabil und ich stimmen überein, das Leben mit Humor zu nehmen. »Ich suche eine fleißige, temperamentvolle Frau. Kennst du eine?« »Such dir eine Libanesin und du lernst das Fluchen.« »Ah, was bist du doch für eine Teufelin. Wenn du das nächste Mal gute Ware haben willst, gib mir nicht solche Ratschläge!«

Ich liebe diesen Schlagabtausch. In Syrien hätte mein Vater sich die letzten Haare gerauft. »Wie kannst du nur so mit einem Mann reden. Wenn das die Leute hören. Sie reden über uns.«

Es ist die Sache des Mannes, für den Lebensunterhalt zu sorgen. Ich habe es nie so betrachtet. War in meiner Heimat Lehrerin in einer Grundschule. Aber ich musste mich auf meinen Mann verlassen, als er mich nach Deutschland holte. Das war vor dem arabischen Frühling, den es nie gab. Er kam auf Heimatbesuch und hielt um meine Hand an. Ich – Jeanette – wurde von ihm ausgesucht und gefragt. Weder meine Eltern noch meine Brüder haben ihn für mich ausgesucht. Ich bekam auch keine Armbänder und Goldketten, die für die soziale Absicherung im Falle einer Scheidung gedacht sind. Ich verdiene selbst. Aber, wenn du einen arabischen Mann heiratest, heiratest du die Familie mit. Vor allem die Schwiegermutter. »Kommt ihr zum Essen? Mein armer Junge hat seit der Hochzeit an Gewicht verloren. Kümmerst du dich auch genügend um ihn?«

Jetzt bin ich hier in Deutschland und fühle mich wohl in unserer Zwei-Zimmer-Wohnung über dem Geschäft. Ich gehe nach oben, schließe die Tür. Keine Nachbarn läuten und wollen dreimal am Tag Kaffee. Ruhe. Nur Fadi und ich und mein Laden. Er ist stolz auf mich.

Als ich mit Fadi hierher kam, erschreckte mich der ernste Gesichtsausdruck der Menschen. Ich deutete ihn als Ablehnung. »Keiner mag mich. Warum? Weil ich Ausländerin bin?« »Du musst ihre Sprache lernen, dann verschwindet die Skepsis.«

Ich machte einen Deutschkurs und lernte, dass man Leistungen erbringen muss und es kein Hindernis ist, eine Frau zu sein. Ich begriff, dass vegetarisches Essen etwas mit der Gesundheit zu tun hat und nicht der Grund ist, dass man sich kein Fleisch leisten kann. Ich legte die Führerscheinprüfung in dem Bewusstsein ab, es alleine geschafft zu haben. Ohne Wasta. Ohne das Bestechungsgeld, das du unter dem Tisch rüberschiebst, während der Beamte das Dokument auf den Tisch legt. Ich habe kapiert, dass der deutsche Polizist nicht bestechlich ist. Wenn du in Damaskus nicht zahlst, finden sie etwas, das sie dir in die Schuhe schieben. Ich habe gelernt, dass man auch mit weniger blumigen Worten das Gleiche erreicht.

Nur wenn Abu Mohammed zum Einkaufen in meinen Laden kommt,

ist es noch wie früher. Er lebt bei seinem Sohn und besucht mich fast täglich.

»Wie viel kostet die Ölflasche meine Tochter?«

»Zwölf Euro, Abu Mohammed.«

»Das ist sehr teuer.«

»Das ist Original-Olivenöl aus Aleppo.«

»In Aleppo kann ich es günstiger kaufen.«

Er ignoriert den Krieg. Ein Sohn lebt noch dort.

»Ich muss hier die Ladenmiete und Strom zahlen.«

»Du bist sehr tüchtig, mein Kind. Aber deshalb kannst du nicht so hohe Preise verlangen.«

»Abu Mohammed, ich lasse dir zwei Euro nach. Mehr geht nicht, sonst zahle ich drauf.«

»Zehn Euro für eine Flasche Olivenöl aus meiner Heimatstadt? Das ist Wucher. Die Welt ist verrückt.«

»Ich packe es dir gut ein und rufe ein Taxi. Der Weg zu deinem Sohn ist beschwerlich. Warte so lange und trinke eine Tasse Tee mit mir.«

Als ich am Abend Fadi davon erzählte, war er außer sich. »Bist du verrückt! Wir sind hier nicht in Damaskus, wo das Taxi ein paar Lire kostet. Wenn du so weitermachst, kannst du deinen Laden nächsten Monat wieder schließen.«

Ich wollte nicht, dass er böse auf mich war. Jetzt, wo er mir so viel beigebracht hatte und mir klargemacht hatte, dass ich Genehmigungen brauche. »Obwohl ich nur mein selbstgebackenes Baklava draußen anbiete?« »Du brauchst eine Genehmigung, Jeanette. Und du brauchst auch eine Genehmigung, dass du Stühle aufstellen darfst.« Ich glaubte an einen Scherz und schimpfte Fadi aus, er solle mich nicht an der Nase herumführen. Es sei schon schwer genug. »Ich könnte Olivenseifen aus dem Khan al Saboun dazu nehmen.« »Dafür brauchst du keine Genehmigung, Jeanette.« Ich strahlte. »Das geht nämlich gar nicht – Lebensmittel und Seife.«

Ich fragte meine Freundin Melanie, die schon länger in Deutschland lebt, wann ich denn wie eine Deutsche sein werde?

»Du stehst morgens auf und gehst zur Arbeit. Dann kommst du nach Hause, ziehst dich um und gehst in die Küche. Wenn du dort fertig bist, ziehst du dich um und gehst Joggen. Du duscht, räumst alles auf und gehst zu Bett, damit du morgens um sechs Uhr aufstehen und wieder zur Arbeit gehen kannst.«

Ich habe jetzt nicht nur meinen kleinen Lebensmittel- und Gemüseladen, sondern verkaufe auch meine Baklava, frische syrische Süßigkeiten, die ich nachts backe und mit Honig und Mandeln überziehe. Ich habe vier Tische auf dem Bürgersteig stehen, meistere die Steuererklärung und habe den Einbürgerungstest in der Tasche. Ich habe in den zehn Jahren in Deutschland mehr erreicht, als ich zu träumen gewagt hätte.

Trotzdem fühle ich mich traurig.

Bei Fadi und mir läutet niemand. Die Nachbarn haben keine Zeit für Kaffeebesuche. Seit einiger Zeit habe ich Kopfschmerzen. Meine Mutter kommt nicht, um zu fragen: »Jeanette, Kind, was machen deine Kopfschmerzen?« Sie bekommt keine Einreisegenehmigung. Vielleicht ist es ganz gut, dass sie mich nicht sehen kann. Ich bin sehr dünn geworden. Ich nehme mir zu wenig Zeit zum Essen. Meine Familie würde das nicht verstehen. Ich sehe Onkel Raschid mit der Zunge schnalzen, wenn er sich über Großmutters Foul, den Bohnenbrei, hermachte. Auch Fadi hat abgenommen. Er treibt seit einigen Wochen Sport. Ich habe ihm ein Kompliment gemacht. Er konnte mir dabei nicht in die Augen sehen und kramte in seiner Sporttasche. Seit wann ist mein Mann nicht mehr empfänglich für schöne Worte? Ich bin sehr stolz auf ihn und freue mich, wenn er gut aussieht. Er ist mein Syrien, meine Heimat. Leider sehen wir uns kaum. Er geht nach dem Fitnessstudio noch mit Freunden aus. Ich weiß, ich arbeite zu viel. Aber ich muss das Gemüse verkaufen, so lange es frisch ist. Und mein Baklava kommt gut an. Warum soll ich dann nicht mehr backen?

Seit vier Wochen nehme ich Antidepressiva. Fadi meint, mir fehle die Sonne. Ich solle mal ausspannen. Alleine? Wie kann er mir das nur vorschlagen!

Ich glaube auch nicht, dass es an der Sonne liegt. Es kommt daher, dass ich nicht abschalten kann. Der Laden, die Miete, die Rechnungen, die Ungeduld der Kunden. Aber ich habe es geschafft. Ich bin eine erfolgreiche Kleinunternehmerin.

Meine deutschen Kunden wünschen mir einen guten Morgen. Wenn Abu Mohammed zu mir kommt, begrüßt er mich mit einem »Sabah al nour – einem Morgen voller Licht« – und der Tag beginnt mit einem Lächeln.

Wenn ich Fadi mein Leid klage, wird sein Gesicht zu Stahl. »Du wolltest doch einen Laden. Du hast ihn. Was jammerst du noch?« Über Familienplanung reden wir nicht mehr. Noch vor einem halben Jahr wollte er ein Kind. Aber der Laden wirft noch nicht so viel ab, dass ich mir einen Mitarbeiter leisten kann. Aber nächstes Jahr bin ich so weit. Ganz bestimmt.

Vor zwei Tagen bin ich bei Rot über die Ampel gefahren. Die Frau, die Knöllchen verteilt, hat gesagt, ich müsse 90 Euro zahlen und bekomme einen Punkt. Seitdem drückt mich der Magen und nicht mal Kardamom kann mich davon befreien.

Der Krieg hat an Heftigkeit zugenommen. Fadi hilft jetzt beim Übersetzen, seit so viele Landsleute nach Deutschland kommen. Wenn ich am Morgen aufstehe, ist er schon weg. Meine Verspannungen nehmen zu, und im Rücken beschwert sich die Wirbelsäule. Jetzt ist auch noch Nabil krank. Ich werde wohl diese Woche selbst zur Großmarkthalle fahren müssen. Fadi dolmetscht seit ein paar Wochen für eine junge Frau. Sie möchte in Deutschland studieren. Wenn er fertig ist, rauchen sie zusammen die Shisha. Es wäre unhöflich abzulehnen, sagt er.

Ich vermisse den Tabak seiner Wasserpfeife. Sogar der Apfel-Zimtgeruch in den Gardinen ist schon verblasst.

Wir haben hundert Wörter für die Liebe. Aber er benutzt keines mehr davon. Ich nannte ihn Abadei, mein Held. Wir waren wie Euphrat und Tigris, zwei starke Ströme, die gemeinsam in eine Richtung flossen.

Heute haben wir unseren Hochzeitstag. In meinem Laden riecht es nach frischer Minze. Ich nehme eine Handvoll und gehe nach oben in die Wohnung. Ich ziehe das schwarze perlenbestickte Kleid an, das Fadi so an mir mag, umrande sorgfältig meine dunklen Augen mit Kajal und kann es kaum erwarten, seine Schritte auf der Treppe zu hören.

»Endlich! Fadi, umarme mich, du mein geliebtes Syrien!« Sein eisiger Blick ist mir fremd. »Ich war heute im Schrebergarten, Jeanette. Du hast ihn lange nicht mehr mit Wasser versorgt. Die Kräuter sind vertrocknet. Und Syrien liegt in Schutt und Asche – wie unsere Ehe.«

Anhang

Georg Guntermann

Nachwort und Preisverleihung

Liebe Barbara,
geschätzte Autorinnen und Autoren,
meine Damen und Herren,

ein Literatur-Wettbewerb ist – streng genommen – ein Unding. Verglichen, bewertet und dann womöglich auch noch rangiert werden soll etwas, das für diejenigen, die es hergestellt haben, ihre Urheber (die ›Autoren‹), unvergleichlich ist: nämlich ihr Eigenes. Nicht nur deshalb, weil sie, indem sie es aus der Hand geben, damit Erwartungen verbinden, Hoffnungen und Wünsche. Schon in ihrem Entschluß überhaupt, sich hinzusetzen, um etwas zu schreiben, sind eigene Erfahrungen wirksam geworden. In jedem dieser Texte, die hier mit anderen zusammengekommen sind, ist – wir haben es beim Vortrag wiederholt spüren können – etwas von ihrem Leben niedergelegt. In allem, was darin gesagt wird, erzählt, beschrieben: ganz gleich, welche Figuren darin auftreten; wie sie auch aussehen und heißen mögen; was auch immer sie tun und empfinden – in all dem hat ihre Wahrnehmung der Welt auf jeweils unterschiedliche Weise Gestalt angenommen.

Das macht es für die dazugehörige Jury (für die ich heute spreche) schwer, aber auch anziehend, mitunter spannend, ja eindringlich. Denn wiederholt haben auch wir, als erwartungsvolle Leser über die eingesandten Texte gebeugt, feststellen können, daß darin das Eingang gefunden hatte und abgebildet werden sollte, was wir alle kennen oder zu kennen glauben. Es war und ist unsere Gegenwart, die in den Beiträgen begegnet.

Für deren gesuchte Wirklichkeitsnähe steht nicht allein die äußere Ausstattung mit vertrauten Requisiten (wie klingelnden Handys) oder identifizierbaren Schauplätzen. Tatsächlich sind es zeitbezogene Stoffe und Themen, die den Inhalt zahlreicher Beiträge bestimmen.

So werden die meisten von uns wohl an etwas wie den ARD-*Tatort* am Sonntagabend um Viertelnachacht denken können, wenn wir den ›KrimiKrimi‹ ***Näheres nach der Obduktion*** von Max Ballerstaller verfolgen. Er bietet einen vergnüglichen Dialog zwischen einem Filmemacher, der einen solchen Krimi drehen will und dazu halbfertige Drehbuch-Ideen vorstellt, und seinem Gegenspieler, der – wie im Film, dort heißt es für die Kamera-Einstellungen ›Schuß‹ und ›Gegenschuß‹ – fortwährend kritische Einwände erhebt gegenüber allzu Absehbarem, und für Noch-nicht-Feststehendes selbst möglichst effektvolle Vorschläge machen will. Beide sind verbunden in der Suche nach dem ›ultimativ Neuen‹ in einem Drehbuch, und werden selbst zu Figuren eines solchen, dessen Ablauf von witzigen Einwürfen ›durchschossen‹ ist und uns im heiteren Spiel einige der Denk-Klischees und Sehgewohnheiten vorführt, denen wir alle so gern unterliegen.

In etlichen der eingesandten Texte ist von den Herausforderungen unseres Alltags die Rede, von den wiederkehrenden Hoffnungen und Enttäuschungen eines arbeitslosen Jugendlichen etwa oder der Pflegebedürftigkeit alter Menschen. Doch auch die große Politik begegnet, wie im Langgedicht ***mit trump im kornfeld*** von Matthias Boosch, einer Auseinandersetzung mit dem gegenwärtigen US-Präsidenten. Sie verläuft in immer wieder neu anhebenden, verschiedenartigen Annäherungen an eine schwer faßbare Figur, die u.a. mit Zügen eines ›Jokers‹ ausgestattet erscheint – dankbar, weil vieldeutig, nicht zuletzt als Gegenspieler einer berühmten anderen Comicfigur: Batman.[1] An einer solchen Auseinandersetzung erscheint bemerkenswert, daß in ihr nicht einfach Kritik geübt wird; der Betrachter selbst betrachtet und bedenkt sich mit: *ich schaue dir in die augen / und muss einsehen, dass ich dabei in mich selbst sehe.* Er gibt sich also nicht mit fertigen Meinungen ab, sondern stellt das eigene Urteil *zweifelnd* mit in Frage (*diese geschichte, [...] / habe ich sie richtig erzählt?*). Obwohl ihm klar wird: *eigentlich weiß ich es schon.*

Wiederholt ist von Gewalterfahrung im Alltag, von der Gefahr des erstarkenden Rechtsradikalismus und terroristischer Bedrohung zu lesen. Der Beitrag ***Kann ich Brötchen kaufen, bitte?*** von Rolf Karl Siegmann bietet dazu eine interessante Doppelung der Perspektiven: auf der einen Seite die Bereitschaftspolizistin, die telephonisch zu einem Einsatz gerufen wird; dagegen der junge arabische Migrant, der im Flüchtlingsheim quälend lange darauf wartet, daß *seine Braut, sein Ein und Alles*, zu ihm kommen kann – während draußen *Kapuzenleute* randalieren. Als beide dann aufeinandertreffen, erkennt die Polizistin ihrerseits nur einen gewalttätigen *Olivenhautkerl*, der einen ihrer Kollegen bedroht und schließlich dessen Waffe zu ergreifen sucht.

---

[1] Salman Rushdies 2017 erschienener New Yorker Gesellschaftsroman *Golden House* bedient sich in vergleichbarem Zusammenhang einer ähnlichen Motivik.

Auch die Schwierigkeiten dessen, was Auseinandersetzung und Zusammenleben mit dem ›Fremden‹ bedeutet, sind, wie anzunehmen war, häufig zum Thema geworden. Die Erzählung ***Ein Morgen voller Licht*** von Sylvia Wimmer beleuchtet sie auf erhellende Art von beiden Seiten. Wir haben die Gemüsehändlerin vor Augen, die aus Syrien nach Deutschland gekommen ist, und ihre Erfolgsgeschichte: *ich habe es geschafft. Ich bin eine erfolgreiche Kleinunternehmerin*; GEZ-Gebührenzahlerin ist sie und fährt *einen Opel Corsa mit deutschem Führerschein.* Wir haben ihren so bezeichnenden Verkaufsdialog im Ohr, geführt mit einem in der Tradition seines Heimatlandes denkenden und sprechenden älteren männlichen Kunden: *Abu Mohammed kauft seine Lebensmittel auf syrische Art bei mir ein.* Er ist auch der Titelgeber, mit dem hoffnungsvoll stimmenden Morgengruß, der die Erinnerung an die alte Heimat wachhält. Wir hören aber auch zu beim so bezeichnenden Dialog der Ehegatten, der voller Mißverständnisse verläuft, und sehen ihre gegenseitige Entfremdung am fraglichen Ende.

Bezüge zu unserer Gegenwart können auch durch sehr spezielle Erfahrungen bestimmt sein, die dazu auffordern, von uns entschlüsselt zu werden. ***Equinox***, der Titel des Erzähltexts von Stefan Sprang, ist nicht nur der astronomisch-meteorologische Fachterminus für einen ganz bestimmten Termin im Jahreslauf, die Tag- und Nachtgleiche; es ist zugleich der Titel einer prominenten Nummer des Jazz-Saxphonisten John Coltrane, außerdem der Name einer norwegischen Thrash-Metal-Band. Darauf verweist womöglich eine Zeit- und Ortsangabe des Textes (*in den letzten Monaten in Oslo*), unter der Erinnerungen eines Musikers an vergangene Möglichkeiten eigener künstlerischer Tätigkeit zusammenfinden. Er sieht sich nun, nach gesundheitlicher Beeinträchtigung, in Sorge, ja Entscheidungsnot vor einem eigenen Auftritt. Und Musik, als innerer Leitfaden (*Noten, die du nicht spielst, das können die stärksten sein*), wird zu einem bildgebenden Medium für Wege und Entscheidungen im Leben überhaupt.

Es gibt aber auch noch einen anderen Weg, eigene Lebenserfahrungen – und damit Fragen, die das Leben an uns alle stellt – mit den Mitteln der Literatur zu bearbeiten. Neben die gesuchte Annäherung an die realen Umstände der Gegenwart (mit dem Ziel, sie möglichst genau wiederzugeben) tritt als alternative Möglichkeit die erklärte Abkehr von ihnen. Nicht wenige der eingesandten Texte haben sich tatsächlich aus einem solchen Gegenwartsbezug erklärtermaßen herausbewegen wollen. Sie nehmen Abstand von der Realität, in Form eines Märchens etwa, oder als Fantasy-Literatur, oder mit Elementen der Science Fiction. Ob sich die Schreiber dabei dessen jeweils bewußt sind, sei dahingestellt; jedenfalls entfernen sie sich vom Gewohnten, der Normalität des Festgelegten, und entwerfen einen Freiraum, in dem andere Regeln gelten und ungeahnte Möglichkeiten sich auftun.

So in dem eindrucksvoll verkleinerten, reduzierenden Modellversuch ***das kind im brunnen*** von Elisabeth Wilhelm, in dem auf extrem begrenztem Raum einzig erst einmal Farb-Wahrnehmungen und Form-Eindrücke benutzt werden als Wegweiser der Weltgewinnung qua Beobachtung. Das sorgfältig angelegte und überzeugend durchgehaltene sprachliche Experiment gibt verfremdend genau die unmittelbare Umgebung nur eines Brunnenschachtes wieder und spricht dabei doch gleichzeitig über viel mehr und zunehmend anderes, schließlich über nichts weniger als die Bedingung der Möglichkeit von Orientierung überhaupt in Raum und Zeit. Wer spricht? *Es*, das Neutrum, ist das sprichwörtlich in den Brunnen gefallene Subjekt.

Auch eine Liebesgeschichte wird uns angeboten, die anders, ungewöhnlich und anspruchsvoll rekapituliert wird: ***Nie weiß man, ob die Liebe funktioniert***, befindet Philipp Knichel und präsentiert Figuren im Café, beobachtet von einem Beobachter, dessen Beobachten wiederum selbst kommentiert wird von einem Erzähler, der allgegenwärtig bleibt, immer wieder (›omnipräsent reflektierend‹) nachdenkt über das, was er mitteilt, und – beileibe nicht unironisch – dem Leser fortwährend Verständnishilfen und Kommentare anbietet. Damit bringt er gewissermaßen eine Parallelhandlung in Gang, in der gleichermaßen bedeutend die Voraussetzungen für die Wahrnehmung des Erzählten sichtbar gemacht werden, und zwar verschiedenartiger Wahrnehmungen auf unterschiedlichen Ebenen: der Figuren in der Geschichte; des Erzählers, der sich in der Geschichte selbst zu Wort meldet; und des Lesers schließlich, der als Figur in der Geschichte wiederholt angesprochen wird.

Literatur vermittelt uns Inhalte. Wir achten auf interessante und hörenswerte Aussagen über die Welt und die Menschen in ihr. Und lassen uns dabei bewegen durch die Form, in der dies geschieht. Sie kann uns aufmerksam machen, aufhören lassen, und im gelungenen Fall erweitert sie nicht nur unseren Blick, sondern dabei die Möglichkeiten der Sprache, des Sprechens selbst. Die ganze Spannweite dessen, was Literatur leisten kann – wahrscheinlich gilt das für Kunst überhaupt – , ist damit umrissen. Und genau dies hat eine Jury, die über eingesandte Texte befindet, zu bedenken. Sind es doch zwei einander entgegengesetzte Empfindungen und Gemütsbewegungen, in die wir uns durch Kunst versetzt sehen können. Gemeint sind – groß und umfassend gesprochen, der antiken Philosophie und ihrer Lehre von der ›Poetik‹, der Machart von Kunst folgend – die beiden möglichen Beweggründe, die in ihrer Widersprüchlichkeit und in ihrem Aufeinander-angewiesen-Sein dafür verantwortlich sind, daß uns etwas gefällt, daß wir etwas mit Interesse und mit Gewinn anschauen. Gemeint sind die beiden Quellen ästhetischen Wohlgefallens: Wir freuen uns, wenn wir etwas *wiedererkennen*. Und wir *staunen*, wenn uns etwas begegnet, das wir noch nicht kennen.

Ein Literatur-Wettbewerb führt Leser zusammen. Er bietet uns Gelegenheit, die eigene Sicht auf den Text mit derjenigen eines anderen zu konfrontieren. Lektüren, die womöglich unterschiedlich ausgefallen sind, lassen sich miteinander vergleichen, im Dialog. Literatur selbst zielt darauf ab, ist Rede, die nach einer Gegenrede verlangt. Das kann nicht ohne Auseinandersetzung, ohne Disput abgehen. Und so dürfen Sie sich auch die Tätigkeit unserer Jury durchaus vorstellen. Aber bei alldem bleibt die verbindende Aufforderung, der Impuls, der von den Texten ausgeht. Sie alle wollen gelesen, wollen gleichermaßen ernst genommen werden. Und diese Einladung geben wir an Sie alle weiter, mit diesem Abend zum Zuhören, und mit diesem Band zum Nachlesen, in dem zehn Autorinnen und Autoren (ausgewählt aus den über 400 eingesandten Beiträgen) versammelt sind.

* * *

Und nun zu den Preisträgern. Wenn jemand seine Lyrik ***GERÜMPEL*** nennt, sollte man aufhorchen. Denn: *Gedichte sind genaue Form.*[2] Die Bereitschaft, sich den Anforderungen einer besonderen Form zu unterwerfen, eine solche freiwillige Selbstbeschränkung gehört zu den wichtigsten Merkmalen, mit denen wir die Gattung Lyrik bestimmen. Wir sagen: Gedichte sind kurz, kürzer als Romane, weil sie keine Geschichte ›erzählen‹, sondern einen Augenblick festhalten. Einen Moment, in dem – so ein zweites Merkmal: Gedichte sind monologisch – eine einzige Stimme, das vielzitierte ›lyrische Ich‹, seine eigene Verfassung in gerade diesem bestimmten Augenblick ausspricht. Und zwar – auch das hören wir sofort als ein Merkmal der Gattung – in einer Sprache, die sich abhebt, erkennbar anders klingt als die der Alltagsrede. Gedichte klingen ›besonders‹: Sie verwenden ungewöhnlich viele Bilder, Vergleiche, Metaphern; sie bilden häufig neue Wörter (›Neologismen‹); diese stellen sie gern zusammen in einer Reihenfolge, die vom gewohnten Gebrauch abweicht, und lassen sie dabei Rücksicht aufeinander nehmen, lassen Echos entstehen (wie etwa durch den Reim).

Die hervorgehobene Wertigkeit lyrischer Sprache hat zu tun mit der eigenartigen Selbstbeschränkung, die jeder eingeht, wenn er ein Gedicht schreibt. Lyrik ist gebundene Rede, geregelte Wiederkehr von Gleichartigem. Das Druckbild macht dieses Prinzip der Repetition deutlich, und ein gelungener Vortrag läßt es hören. Es gibt den

[2] Peter Wapnewski: Gedichte sind genaue Form. Nicht bloße Beliebigkeit ist das Gegenteil von Lyrik. In: DIE ZEIT, 28.1.1977, 25f.

Anfang einer Zeile (den ›Auftakt‹) und das Ende einer Zeile (die ›Kadenz‹). Wohl wäre noch Atem zum Weitersprechen, aber der Sprecher muß anhalten, umkehren und neu ansetzen. Es wäre auch wohl noch Platz auf dem Papier zum Weiterschreiben in der Zeile: *Wenn auf einer Seite um das Gedruckte herum viel weißer Raum ist, dann haben wir es gewiß mit Versen zu tun.*[3] Der Vers ist es, der eine textimmanente Umkehr befiehlt; der Verfasser einer deutschen »Versschule« formuliert es so: *Es ist das Bild des pflügenden Bauern, das da vor uns aufsteigt, wie er seine Furche zieht und nun umdreht: versus ist das Furchenpaar.*[4] In der Spannung dieser Bewegung leben Gedichte, zwischen Wiederholung (eines Metrums) und Variation in einem Rhythmus, der jeder einzelnen Verszeile ihre Unverwechselbarkeit geben soll.

Genau das ist in den Gedichten von Ismail Kalayci unübersehbar und unüberhörbar. Gleich vom ersten Vers an verlangen sie nach gedrängtem Zuhören, gezeichnet durch die Allgegenwärtigkeit einer monologischen Stimme, die sich einer ganzen Bandbreite unterschiedlicher Empfindungen vergewissert in der Erkundung der eigenen Verfassung und sich dabei vorwagt an die Ränder der bekannten, gewohnten Sprache. Von den *dünen meiner augenlider* ist die Rede, *EIN krabbeltier die lippen wenn sie offen sind*. Der Sprecher bewegt sich in einer nicht nachlassenden Spannung zwischen Aufhören-Müssen (am Vers-Ende) und Weitermachen-Wollen (im Gedicht). Wir werden in Atem gehalten und mitgezogen durch die Zeilenbre-

---

[3] Wolfgang Kayser: Kleine deutsche Versschule. (1946) Bern/München [22]1984, 9.

[4] Ebd., 13.

chung, die zum Motor lyrischen Sprechens wird und Bilder entstehen läßt, die aufeinander folgen und sich auseinander entwickeln. Sie suchen Entferntes zusammenzubringen in der Erfahrung eines gegenwärtigen Moments, in dem Verschiedenartiges an die Oberfläche drängt, wie hier, wenn Familie(ngeschichte) auftaucht und vergangene Orte sichtbar werden: *WENN ICH SCHLIESSE die augen wie die uralte tür / zur küche hinter der mutter selten stand selten für uns / kochte sie musste ja immer arbeiten.* Die Anatomie der Figuren erscheint, die eigene Gestalt und die der anderen, derjenigen, die in der Erinnerung Gestalt gewinnen. Ja sogar das eigene Tun, im Schreiben, kommt zur Sprache, wenn die Anstrengung der Vergegenwärtigung von Erinnerung Bilder sucht und findet: s*chwere wellen schlagen safrangelb gegen das einge- / schlossene licht will ja schließlich raus dieser verstockte / zustand ist eine durch ein jetzt-wort // verstopfte ader [...].*

Schließlich, als ein Letztes sei es hier erwähnt: Gedichte bewegen sich nicht in einem voraussetzungslosen Raum, sondern schreiten voran eingedenk dessen, daß sie Vorgänger haben, literarische Vorläufer. Kein Gedicht, das auf sich hält, gibt sich voraussetzungslos. Auch dies macht das lyrische Ich explizit, in einigen Gedichten reklamiert es gesuchte Nähe zu anderen Autoren: zu Johannes Bobrowski, oder zu T.S. Eliot, dessen Poem *The Waste Land* (1922), eines der wirkungsmächtigsten Gedichte des 20. Jahrhunderts, einmal wörtlich zitiert wird. – Wahrlich keine kleinen Vor-Bilder. Wir gratulieren Herrn Ismail Kalayci zum dritten Preis des Godesberger Literaturwettbewerbs.

* *

Ich komme zum nächsten von der Jury als besonders auszeichnungswürdig angesehenen Text, und kehre zurück zu dem, von dem bereits eingangs die Rede war. Literatur gibt unsere Wirklichkeit wieder, aber verändert, in gestalteter Form. Das kann (in zugespitzter Form) bedrohlicher, düsterer aussehen als die Realität – wir sprechen dann von einer Dystopie; es kann (mit Hilfe der Kunst) besser, das heißt aushaltbarer und damit ›schöner‹ aussehen wollen als die Wirklichkeit, utopisch eben. Der Text, der ***Für Amelie*** überschrieben ist: kunstfertiger kann das Erzählen einer Geschichte (im Zusammenhang einer anderen, größeren Geschichte) schwerlich organisiert sein.

Es geht um die Geschichte der ersten Liebe einer männlichen Figur, Anton Burgwaechter mit Namen, zu einer jungen Frau (*Amelie*). Ihre Erzählung wird in Gang gebracht dadurch, daß eine Ich-Erzählerin ihm eingangs ihrerseits eine *kleine Geschichte* von ihrer Beziehung zu ebendieser Frau berichtet. Und seine dann sich anschließende Erzählung von ihr (einem blonden katholischen Arbeiterkind, das in der Stadt Bonn an der Pädagogischen Akademie studiert) und von sich selbst (er ist Biologiedozent an der Universität derselben Stadt) und von ihrer Beziehung zueinander wächst zusammen, indem darin ihrerseits einige Binnenerzählungen ausgebreitet werden. So, wenn sie ihm von jenem Abend erzählt, an dem sie unbemerkt hörte, daß ihre Eltern sie im Gespräch untereinander als fremd und unzugehörig abwehren; oder wenn er ihr darauf selbst etwas erzählt von seinen Wünschen, Pläne eröffnet für ein gemeinsames Leben. Sie stirbt *am Abend nach der standesamtlichen, am Tag vor der kirchlichen Trau-*

ung – gewissermaßen auf der Flucht vor der bösen, mißverstehenden eigenen Familie und kurz vor dem Gelingen dieser Flucht. Das aber, so erfahren wir, hat er, der hoffnungsvoll liebende Partner, wiederum erst erfahren dadurch, daß Amelies Zimmerwirtin, die ihr fürsorglich zugetan war, ihm berichtet hat von den Umständen des letzten Zusammenseins mit ihr am Vorabend der Vermählung mit ihm. Sie – so erzählt es die Zimmerwirtin dem Bräutigam, wir erfahren es von ihm, erstattet als Bericht der namenlosen Ich-Erzählerin – sie ist von ihrer Familie ob ihrer geplanten Heirat als *die »undankbare, schamlose Tochter«* beschimpft worden. Es ist zu einem unheilvollen Geschehnis gekommen in der Badewanne, aus der sie kurz zuvor noch singend gehört worden war. Was ist passiert? Das berichtet er, ins Bild gesetzt durch den Bericht der Zimmerwirtin, seinerseits telephonisch den Eltern.

Es ist ein Erzählen unter der Aufsicht und in der Form einer Novelle, ganz in der Tradition dieser altehrwürdigen Gattung, gerahmt und mehrfach geschachtelt – Puppen in der Puppe in der Puppe gewissermaßen. Wir würdigen als Leser die Kunstanstrengung, mit der diese traurige Geschichte vor unseren Augen Gestalt gewinnt und dem beklagenswerten Inhalt eine Form entgegenstellt, in deren Anschauung vielleicht so etwas wie Trost, Bewältigung jedenfalls, sichtbar werden kann. Mit zahlreichen bedeutsamen Bildern und in einer sorgsam gepflegten Diktion sucht die Erzählerin (stellvertretend für die Figuren, die sie sprechen läßt) nach einer Antwort auf das Unverständnis der Umgebung. Der ›falschen‹, realen Familie Amelies stellt sie schließlich eine andere, ›wahre‹ Familie entgegen und unternimmt damit den *Sprung auf eine andere Ebene* – gerade so, wie die Figur selbst dies als ihre eigene (Über-)Lebensstrategie anstrebte.

Die Jury hat der Erzählung ***Für Amelie*** den zweiten Preis des diesjährigen Godesberger Literatur-Wettbewerbs zuerkannt. Wir gratulieren Frau Barbara Hundgeburt und schauen erwartungsvoll, angesichts des Untertitels *Aus einem ungedruckten Roman*, auf das, was dem Text, den Sie vorgelesen haben, vorausgegangen ist, und auf das, was ihm folgen wird.

*

Und damit komme ich zum Schluß, zu dem Text, dem wir den ersten Preis zuerteilt haben. Eine denkbar alltägliche Situation: ein Paar beim Gang durch die vorfrühlingshafte Stadt. Einträchtig zunächst; dann der Bruch, hervorgerufen durch ein fürwahr beiläufiges Ereignis. Ihr ist ein Taschentuch (so auch der Titel: ***Das Taschentuch***) auf den Boden gefallen, und er, *ihr Mann der letzten Jahre, [...] hält still.* Er hat es nicht bemerkt – so möchte ich erst einmal (parteiergreifend vielleicht) sagen. Aber sie? Sie sieht es viel grundsätzlicher: *Es ist eine Weigerung gewesen. Seine Weigerung.*

Es folgt eine Auseinandersetzung, die behutsam und feinformatig nachgebildet wird, auch in der Selbstwahrnehmung der weiblichen Figur: *»Ich mag Gentlemen«, hört sie sich sagen. Das Lächeln glückt ihr nicht.*

Voller Lebens-Wahrheit: *Man kann Blicke meiden, aber einen gemiedenen Blick zu ignorieren, fällt schwer. [...] Es bleibt eine Delle zurück.* Eine präzise, zielbewußte, ihrer selbst sichere Prosa schafft einen Text, der selbst wie ein lebendiges Wesen funktioniert. Denn beschwingt ist diese Prosa, von Beginn an, wie die Bewegung der in ihr agierenden Figuren. *Rhythmisch verbunden, Hand in Hand* – schön anzuschauen für uns, wie das, was die beiden tun, zusammen und doch jeder für sich, das Spiel von Gemeinsamkeit und Unterschiedensein (und damit genau das, was in der Folge auch inhaltlich erzählt werden wird) bereits eingangs schon sich mitteilt auch in der Form, in Parallelismus und Opposition: *Wie immer gehen sie, rhythmisch verbunden, Hand in Hand, oder sein Arm um ihre Schultern, ihr Arm um seine Taille*. Wir erblicken die Gemeinsamkeit eines Paars überkreuz, und nehmen zugleich deren Infragestellung wahr. Der Reichtum an Aspekten, der sich mitteilt, verdankt sich dem Sinn der Autorin für den ästhetischen Zeigewert auch randständiger Zeichen. *Perplex. Perplex ist das Wort, das ihr in den Sinn kommt. Mit seinen zwei p und dem gekreuzten Buchstaben am Ende, da, wo sie sich treffen könnten.* – Sie: das sind die beiden »Ps« im Wort (die Buchstaben und ihre Stellung zueinander), und das sind zugleich die beiden Figuren, von deren Beziehung die Rede ist. Mit dem Sprachwitz eines solchen immer wieder möglichen doppelten, mehrfachen Bezugs wird erzählt: *Nun hat er sie.* Punkt. Und dann weiter: *Die Verantwortung, das Taschentuch verschwinden zu lassen.*

Das Große im Kleinen; alles in einem. Alltag als Sensation. Das Sichtbare verändert sich. Beobachtungen verändern die Beobachter: die Figuren, die einander wahrnehmen, und uns, die wir ihnen dabei zuschauen. Das Einfache hat Tiefe. Nichts bleibt so, wie es ist: Gefahr bringend, aber tröstlich auch. Ein gelungener Text – Frau Celine Bernadet, wir gratulieren Ihnen zum ersten Preis des Godesberger Literaturwettbewerbs 2018.

Barbara Ter-Nedden

Nachwort

Vor einiger Zeit hat mich eine junge Frau angerufen und gefragt, was sie denn von einer Teilnahme an dem Bad Godesberger Literaturwettbewerb hätte, wenn sie keinen Preis gewänne oder auch nicht unter die 10 oder 11 von der Jury ausgewählten Autoren käme: »Was bringt mir das denn?« Meine Antwort: Ein Schreibwettbewerb kann für die Teilnehmer – auch wenn sie keinen Preis gewinnen – eine Chance auf dem Weg in die Öffentlichkeit sein, es ist eine Herausforderung, die ihn (den Teilnehmer) unter Umständen neue Felder literarischen Schreibens entdecken lassen. Deshalb kann eine Teilnahme auch dann als Erfolg gelten, wenn man nicht zu den Gewinnern zählt. In diesem Sinne danke ich allen Autorinnen und Autoren, die ihre Texte eingereicht und sich der Auswahl gestellt haben. 2018 haben fast 500 Schreibende ihre Arbeiten abgegeben, 464 entsprachen den Vorgaben und wurden der Jury zur Auswahl vorgelegt. Im Sommer haben die Mitarbeiter der Parkbuchhandlung die Einsendungen entgegengenommen, geordnet und vorbereitet, damit dann Anfang September jedes Jurymitglied seinen Teil lesen konnte. Im September hat sich die Jury wie jedes Jahr bei Käse und Rotwein am runden Tisch der Parkbuchhandlung getroffen, um sich zu besprechen und 11 Teilnehmer, darunter die drei Gewinner, auszuwählen. In einer sehr schönen Lesung mit viel Publikum haben zehn Autoren und Autorinnen ihre Texte gelesen und dem Publikum präsentiert.

Mein Dank gilt aber nicht nur den Autoren für das Mitmachen, sondern vor allem den nimmermüden Mitgliedern der Jury, die mit großer Hingabe, Spaß und Lust auf Geschriebenes die mühsame Arbeit des Lesens und Auswählens jedes Jahr erneut mit Freude übernehmen. Willkommen heißen möchte ich das neue Mitglied der Jury, Prof. Dr. Georg Guntermann, der zum ersten Mal mit am runden Tisch saß und die Würdigung der ausgewählten Autoren und Autorinnen übernommen hat. Ich danke auch Annie Kawka-Wegmann, Gunnar Evang, Rüdiger Franz und Prof. Norbert Oellers für ihre Treue und ihren Einsatz bei der Auswahl. Hans Weingartz vom Kid Verlag hat es wieder übernommen, diese schöne Anthologie herauszugeben, damit wir uns an diesem Büchlein mit den besten Texten erfreuen dürfen.

Besonders möchte ich auf unserem Verein Lese-Kultur Godesberg e.V. hinweisen, der von den Bad Godesberger Bürgern gefördert, die Preisgelder und einen Druckkostenzuschuss an den Verlag zur Verfügung stellt.

Barbara Ter-Nedden

Bad Godesberg, 9.1.2019

Autorinnen und Autoren

Max Ballerstaller

- Jahrgang 1945, geboren in Babing, Kreis Rottal-Inn (Bayern)
- Abitur; Studium für das Lehramt an Gymnasien (Deutsch, Geschichte, Sozialkunde) an den Universitäten München und Regensburg
- Lehrtätigkeit in Regensburg, Straubing und Altötting
- Seit 1977 in Burghausen lebend
- Seit 1990 Kulturreferent der Stadt Burghausen
- Mitbegründer und langjähriger Leiter des *KiK (Kabarett im Keller*) in Burghausen

Veröffentlichungen u.a.:

- *Deutschstund' – eine Nabelschau. Eher eine Satire*, Buchner Theaterverlag, Krailling, 1986 (ausgezeichnet mit dem Förderpreis des KJR München und des Buchner Verlages)
- *Die Passion auf Boarisch*, Pannonia-Verlag, Freilassing, 1982
- *Ankomme 24. Dezember – stop – Jesus*, in: *Weihnachten im Wald, Alte und neue Geschichten, Gedichte und Lieder*, 1991, Morsak Verlag, Grafenau
- *zwoaraloa. respektlose gschichten & verserl*, Morsak-Verlag, Grafenau, 1985, 2. Auflage 1987
- Beiträge in weiteren Anthologien
- Sendebeiträge im Bayerischen Rundfunk

Céline Bernadet wurde in Paris als Tochter eines französischen Vaters und einer deutschen Mutter geboren. Sie kam mit sechs Jahren nach Deutschland, lebte zeitweise in anderen Ländern und verbringt einen wesentlichen Teil ihrer Zeit mit Staunen. Den Rest der Zeit legt sie auf Papier ab, worüber sie im Leben stolpert und was davon bereit ist, sich von ihr literarisch festhalten zu lassen. Das Schreiben ist für sie der Faden der Verbindung, eine Möglichkeit, vorübergehend zu benennen, was nicht begreifbar ist.

Matthias Boosch wurde 1982 geboren und wuchs in Bischofsheim bei Mainz auf. Er studierte Geschichts-, Politik- und Buchwissenschaft in Mainz. Nach dem Studium hielt er sich mit verschiedensten Jobs über Wasser, unter anderem als Vertretungslehrer, Schlauchwächter und Briefträger. 2009 erschien sein literarisches Debüt *Großtyphien schlägt zurück*, eine Polit- und Mediensatire zur Ära Bush. 2015 erhielt er den Literaturförderpreis der Stadt Mainz. Boosch lebt heute als freier Schriftsteller in Bischofsheim.
→ *www.boosch.de*

Barbara Hundgeburt wurde 1943 in Prag geboren, wuchs im Ruhrgebiet auf, studierte in Bonn, arbeitete als Lehrerin und lebt jetzt in der Eifel.
Veröffentlichungen und Auszeichnungen:
Spiegelbilder, 1985, *Lichtspuren*, 1989, jeweils Erzählungen und Gedichte, beide Lippmann Verlag, Passau. *Tagebuch eines Augenblicks*, Erzählung, 2007, (mit dem ms Finalistin Koblenzer Literaturpreis 2006); *Üxheim, den ..., Nachricht von unterwegs*, Gedichte, 2009, (mit Gedichten aus dem ms W. A. Windecker-Lyrikpreis 2007); beide Bücher im Altius Verlag, Erkelenz.
2018 das Manuskript des Romans *Die Nachricht kam am Abend* (Arbeitstitel) fertiggestellt.

Ismail Kanay, das ist Ismail Kalayci, 13.05.1965 in izmir geboren
1973 als emigrantenkind nach deutschland gekommen
abitur
abgeschlossenes studium: medizin, philosophie, geschichte
promotion in medizin und in philosophie
facharzt für innere medizin – seit 20 jahren in eigener praxis tätig
veröffentlichungen: zwei romane

Philip Knichel, 1989 in Mayen geboren, studierte Germanistik und Geschichte in Mainz. Nach Stationen in Stuttgart und Berlin lebt und arbeitet er heute in Köln.

Rolf Karl Siegmann, geboren in der süddeutschen Provinz. Literatur- und Journalistik-Studium in Tübingen und Berlin. Lebens- und Berufsstationen in Deutschland und Frankreich. Höhen und Tiefen, Glück und Pech, wie das Leben so spielt. Gründung einer Privatschule in Stuttgart, freiberufliche Beschäftigungen, Neuorientierung im journalistischen Umfeld mit Lebensmittelpunkt im Taunus. Derzeit arbeitet Rolf Karl Siegmann im Bereich Public Relations für ein Finanzinstitut. Auf der Suche nach Ausdrucksmöglichkeiten, inspiriert von dem, was er sieht, fühlt und erlebt, schreibt und veröffentlicht er mittlerweile Kurzgeschichten und arbeitet an einem Roman, der dem Genre Magischer Realismus zugerechnet werden kann.

Stefan Sprang, geboren 1967 in Essen. Dort aufgewachsen im Süd-Viertel. Studium in Münster und Berlin. Begann Mitte der 80er Jahre mit dem literarischen Schreiben. Veröffentlichungen in Anthologien und Literaturzeitschriften. Seit 1990 freier Hörfunkautor und –redakteur. Für seine journalistische Arbeit bekam er den *Kurt-Magnus-Preis* der ARD. Sein 2007 erschienener Hörspiel-Monolog *helden: tot* wurde nominiert für den *Deutschen Hörbuchpreis*. Die Bühnenfassung hatte 2018 Premiere in Essen. Weitere Veröffentlichungen: *Fred Kemper und die Magie des Jazz* (Roman – Boschmann Verlag), der Story-Band *Boy Meets Girl oder: Die Liebe hiesiger Menschen im 21. Jahrhundert* und 2019: *Ein Lied in allen Dingen: Joseph Schmidt*, ein biographischer Roman über den berühmten Operntenor und Schlagerstar der 30er Jahre (Größenwahn Verlag). Stefan Sprang lebt und arbeitet in Frankfurt/Main und Essen.

Elisabeth Wilhelm

Sylvia Wimmer arbeitet als Texterin in einer Marketingagentur. Seit vielen Jahren porträtiert sie Personen mit unterschiedlichsten Biografien, schreibt Kurzgeschichten, die Jury- und Publikumspreise gewonnen haben und in einer Anthologie erschienen sind.
In ihrem Heimatort leitet sie einen Kulturkreis, schreibt Theaterstücke und führt Regie.
2017 erschien ihr Debütroman *Beppe und die Kunst des Nichtscheiterns*, in dem zwei ungleiche Freunde auf ihren Reisen durch Europa und den Nahen Osten erkennen, dass das Wichtigste im Leben Loyalität und Freundschaft sind.
→ *www.sylviawimmer.de*